IQ《アイキュー》探偵《たんてい》ムー

ピー太《た》は何《なに》も話《はな》さない

作《さく》◎深沢《ふかざわ》美潮《みしお》　画《が》◎山田《やまだ》J太《じぇいた》

ポプラ社

「あやまるなら、ピー太にあやまってほしい。さっき自分で言ってただろ？
『ピー太、なんにも言えねえんだぜ？　ケージからも出られねえし』って」
しかし、なんとなんと。河田はむすっとした顔で自分の席について、
寝たふりをしてしまったのである。
幼稚園児だな、まるで。元はあきれかえった。

目《もく》次《じ》

★登《とう》場《じょう》人《じん》物《ぶつ》紹《しょう》介《かい》●●●

杉下元《すぎしたげん》

小学五年生《しょうがくごねんせい》。好奇心旺盛《こうきしんおうせい》で、推理《すいり》小説《しょうせつ》や冒険《ぼうけん》ものが大好《だいす》きな少年《しょうねん》。なぞなぞが得意《とくい》。ただ、幽霊《ゆうれい》やお化《ば》けには弱《よわ》い。夢羽《むう》の隣《となり》の席《せき》。

茜崎夢羽《あかねざきむう》

小学五年生《しょうがくごねんせい》。ある春《はる》の日《ひ》に、元《げん》と瑠香《るか》のクラス五年一組《ごねんいちくみ》に転校《てんこう》してきた美少女《びしょうじょ》。頭《あたま》も良《よ》く常《つね》に冷静沈着《れいせいちんちゃく》で数々《かずかず》の事件《じけん》を解決《かいけつ》している。

杉下春江《すぎしたはるえ》

元《げん》の母《はは》。

内田里江《うちだりえ》、金崎《かねざき》まるみ、久保《くぼ》さやか、栗林素子《くりばやしもとこ》
桜木良美《さくらぎよしみ》、高橋冴子《たかはしさえこ》、竹内徹《たけうちとおる》、溝口健《みぞぐちけん》、安山浩《やすやまひろし》

五年一組《ごねんいちくみ》の生徒《せいと》。

ピー太《た》

五年一組《ごねんいちくみ》で飼《か》いはじめたウサギ。

小林聖二《こばやしせいじ》

五年一組《ごねんいちくみ》の生徒《せいと》。
クラスで一番頭《いちばんあたま》がいい。

大木登《おおきのぼる》

五年一組《ごねんいちくみ》の生《せい》徒《と》。元《げん》と仲《なか》がよく食《く》いしん坊《ぼう》。

河田一雄《かわだかずお》、島田実《しまだみのる》、山田一《やまだはじめ》

五年一組《ごねんいちくみ》の生徒《せいと》。「バカ田《ダ》トリオ」と呼《よ》ばれている。

江口瑠香《えぐちるか》

小学五年生《しょうがくごねんせい》。元《げん》とは保育園《ほいくえん》の頃《ころ》からの幼《おさな》なじみの少女《しょうじょ》。気《き》が強《つよ》く活発《かっぱつ》で、正義感《せいぎかん》も強《つよ》い。オシャレが大好《だいす》き。

小日向徹《こひなたとおる》 五年一組《ごねんいちくみ》の担任《たんにん》。あだ名《な》は「プー先生《せんせい》」。

★「ムーとゲンのスパイ大作戦!」登場人物紹介《とうじょうじんぶつしょうかい》●●●

ゲン・スギシタ スパイ。

ムー ゲンの仲間《なかま》のスパイ。

セージ・シャバコ ゲンの仲間《なかま》のスパイ。

アルフレッド・ラルドル伯爵《はくしゃく》 イギリスの有名《ゆうめい》な貴族《きぞく》。

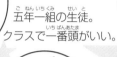

銀杏《いちょう》が丘《おか》市《し》
MAP
農業高校
桜坂公園
吉野湯
自動車工場
桜並木
並浪川
久美の家
楓陽館
公営プール
咲間川
第二小
第二中
喫茶ナイアガラ
警察署
国道
カムパネルラ商会

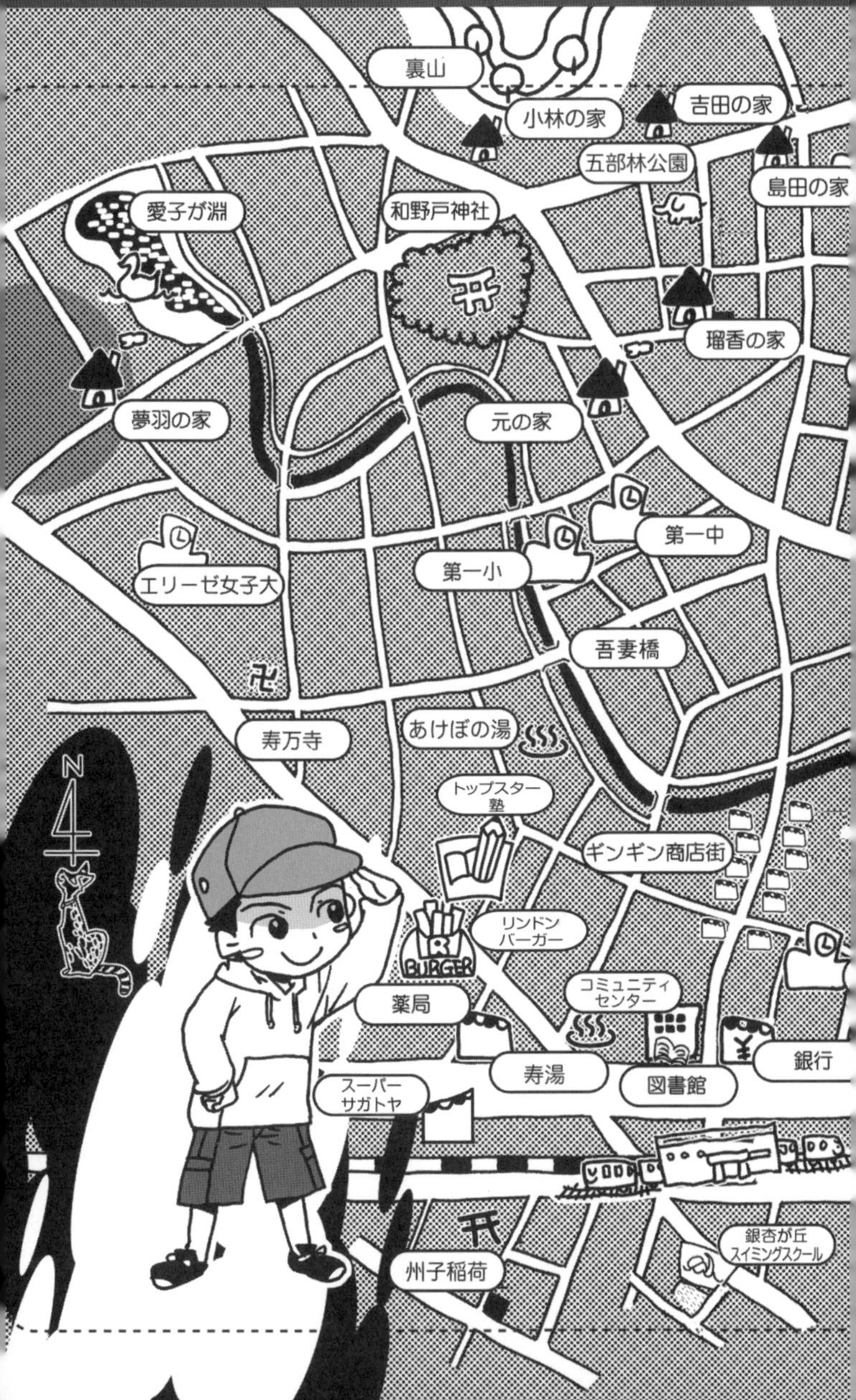
裏山
吉田の家
小林の家
五部林公園
島田の家
愛子が淵
和野戸神社
瑠香の家
夢羽の家
元の家
第一中
第一小
エリーゼ女子大
吾妻橋
寿万寺
あけぼの湯
トップスター塾
ギンギン商店街
リンドンバーガー
BURGER
薬局
コミュニティセンター
寿湯
図書館
銀行
スーパーサガトヤ
銀杏が丘スイミングスクール
州子稲荷
N

ピー太《た》は何《なに》も話《はな》さない

★ピー太《た》がクラスにやってきた！

1

「ピー太《た》、かわいいなぁ」

「ここ、なでられるの好きだよね」

「うんうん。ずっとなでてたら、はげるかもな」

「はっはっはっは」

杉下元《すぎしたげん》は大木登《おおきのぼる》といっしょに、ピー太を遊ばさせていた。たしかにおでこのところをなでると、気持ちがいいのか目を細めてジーッとしている。

やめると、もっとなでてくれとズンズン頭突《ずつ》きをしてきたりしてかわいい。

元は近所の公立小学校……銀杏《いちょう》が丘《おか》第一小学校の五年生。短めに刈《か》った髪《かみ》は一見すると坊主頭《ぼうずあたま》だが、前髪のあたりだけ少し長めでピッピッと立たせてある。これをしてるかしてないかで、だいぶ印象がちがうのだ。

身長も体重もごくごく普通《ふつう》。勉強もスポーツもほどほどで、どこにでもいそうな小学生男子である。

一方、大木《おおき》は小学生にはとても思えないほど立派《りっぱ》な体格《たいかく》の持ち主。身長も体重も大人顔負けだ。彼《かれ》の一番の関心事は食べ物のこと。学校にお菓子《かし》を持っていくことができないのが人生で一番つらいことだと思っている。


さて、ピー太《た》というのはクラスで飼《か》っているウサギのことだ。教室の後ろに置かれた大きめのケージのなかで飼っている。

十一月頭、クラスにやってきた。

茶色の毛並《けな》みで、ピーターラビットそっくりだから、「ピー太」という名前になった。他には、ピー助とかピー吉《きち》、ピョン太、ピョン吉など、いろいろな名前もあがったけれど、投票の結果、「ピー太」に決定したのだ。

ネザーランドドワーフという種類で、そんなに大きくはならないという話だったが、すでに普通《ふつう》の猫《ねこ》と大差ないくらい育っている。本で見ると、もっと小さい感じだが、どうやら個体差《こたい》があるようだ。

全身、柔《やわ》らかな色の茶色で、くりくりの大きな目は黒。目の周りと口のところだけ、ほんの少し白っぽくなっている。

ふだん長い耳は伏《ふ》せているけれど、今のように遊んでいる時やおどろいた時はピンと立てる。

ケージに一匹《ぴき》だけでさびしいような気もするが、意外とそうでもないらしい。

もちろん、たまにこうして運動も必要だし、人なつっこいからいっしょに遊んだりもしたほうがいいけれど、基本的《きほん》にはひとりで静かにしているのが好きらしい。のんびり草を食べたり、かじり木をかんだりしている。

ウサギというのはさびしがり屋で、ひとりにしておくと死んでしまうという話があるが、それはデマなんだそうだ。

元《げん》たちは昼休みや放課後、ピー太《た》がどこかに逃《に》げだしてしまわないよう囲いをしておいて、そのなかで運動をさせる。

「お、そっちにもあるぜ」

「うへぇ。ピー太《た》、いっぱいするなぁ！」

ウサギはポロポロした小さな丸いフンをする。フンはそんなににおわないのだが、オシッコがたまににおうことがある。

特にピー太の毛につくとすごく臭《くさ》くなってこまる。ウサギは基本的《きほん》にお風呂《ふろ》に入ったりはしないからだ。

ちゃんと自分で毛づくろいをしているから、普通《ふつう》にしていれば臭くなることはない。

ちなみに、以前はウサギを数える場合、「一匹《ぴき》、二匹《ひき》」ではなく「一羽、二羽」と、まるで鳥を数えるように数えた。

これは昔、獣《けもの》を食べてはいけないと言われていた頃《ころ》があって、ウサギを鳥のように

一羽二羽と数えることで、鳥だということにして食べていた時の名残だそうだ。

しかし、今ではそんなこともないので、普通《ふつう》に一匹《ぴき》二匹《ひき》と数えるほうが一般《いっぱん》的である。

「ねぇ！　ウサギのなぞなぞ知ってる？」

ピー太《た》と遊んでいる元《げん》や大木《おおき》のところへ江口瑠香《えぐちるか》がやってきた。

元が保育園《ほいくえん》に行っていた頃《ころ》からの幼《おさな》なじみで、クラスで一番発言力をもつスーパー女子。高い位置でツインテールにして、オレンジ色の髪留《かみど》めをふたつつけている。明るいグリーンのセーターにクリームイエローの短いキュロット、グリーンのラインが入ったハイソックス……と、毎日トータルコーディネイトを考えたオシャレをしている。

「ウサギのなぞなぞ？」

元はなぞなぞが大好きだから、一瞬《いっしゅん》目を輝《かがや》かせた。もちろん、相手は天敵《てんてき》と言ってもいい瑠香なので、喜んでいるようすはチラッとも見せない。

あくまでもめんどくさそうに答える。

瑠香は得意気ににやっと笑った。

「答えられたら、きょうのプリンあげてもいいよ」

「え、えええええー!? ほ、ほんとに？」

すぐ食いついてきたのは大木《おおき》である。

給食のプリンひとつでこれだけ食いついてくるのは彼《かれ》くらいなもんだ。

「なんだよ。早く言えよ」

ピー太《た》に葉っぱを食べさせながら元《げん》がうながすと、瑠香《るか》が問題を出した。

「じゃあ、言うよ！ ウサギ、トンボ、メダカ。このなかで、呼《よ》んでもふりかえらないのはだーれだ！」

「うーん……何かなぁ」

なぞなぞは大得意だが、こんなのは知らなかった。

ウサギ、トンボ、メダカ……。何か共通のものはあるだろうか？ あるいはちがうものは。

大木はまったくわからないようで、最初っから元頼《だの》みだ。

「元、プリンがかかってるんだからな。しっかり頼むぞ！」

と、祈《いの》るような顔で言う。

「まぁ、待てよ。考えてるんだから」

「そうだな。ごめん。じゃましないよ」

大木《おおき》はすぐに引き下がった。元《げん》が正解《せいかい》を答えてプリンをもらったら、それを大木はおすそわけしてもらおうと決めてるような口ぶりである。おすそわけどころか、自分が代わりに食べるつもりなのかもしれない。

「ねえ、夢羽《むう》。わかる⁉」

瑠香《るか》は窓際《まどぎわ》でぼんやり空を見ていた女の子にも声をかけた。

ゆっくりふりむいた彼女《かのじょ》の長い髪《かみ》はぼさぼさだったが、白い小さな顔といい、ぬれたような大きな瞳《ひとみ》といい、一目見ただけで絶対《ぜったい》に忘《わす》れられないような美少女だった。

名前は茜崎《あかねざき》夢羽。数々の難題《なんだい》を名推理《めいすいり》で解《と》いている小さな美少女探偵《たんてい》だ。

「うーん、ごめん。ぼんやりしてたから聞いてなかった。」

「なんだ。あのね……」と、瑠香はさっきの問題をくりかえした。

すると、彼女はしばらく考えをめぐらしていたが、何か思いついたようにふと笑顔になった。

うっそ、もうわかったのか⁉

元《げん》はあせった。

事件を解《と》いたり暗号を解読《かいどく》したりするのは、夢羽《むう》に太刀打《たちう》ちできないが、なぞなぞだけは唯一《ゆいいつ》夢羽に勝ててたというのに。

「すごい！　さすが夢羽。もうわかっちゃったとか？　なぞなぞ大臣《だいじん》の元くん、どうするのよ！」

ちぇ、いつなぞなぞ大臣なんかに任命《にんめい》されたんだよ。っていうか、そのかっこ悪い呼《よ》び方やめてくれ。

元はうんざりした顔になった。

そんなことにはおかまいなく瑠香《るか》は夢羽をせっついた。

「それで？　答えはなに⁉」

「答えは……トンボだ」

「え⁉　ええ⁉」

瑠香《るか》が大きな目をさらに大きくした。

「正解《せいかい》‼　すっごっ‼　さすがは夢羽《むう》だね。なぞなぞもできるようになったとは」

「げげっ‼　元《げん》、おまえ、しっかりしろよ。プリン、茜崎《あかねざき》に取られちゃったじゃないか‼」

大木《おおき》があきらかにがっかりして元の背中をドンとたたいた。

そ、そう言われても……。そうか、トンボか。でも、なぜなんだろう？

みんなに見つめられ、夢羽は少し恥《は》ずかしそうに説明した。

「そっか。ちょっと自信なかったんだけどね。トンボの目は複眼《ふくがん》といって三百六十度見えることで有名だからね。ふりかえる必要がないんだ」

その説明を聞いて、瑠香が夢羽をまじまじと見た。

「え？　夢羽、なんて言ったの⁉」

「何が？」

「何がって、理由。トンボが答えの理由よ」

「だから、複眼だからふりかえる必要ないって……」

すると、瑠香《るか》はニヤァーっと笑った。

「トンボで正解《せいかい》だけど、理由がそれだったらダメだね！　そんな理由じゃなぞなぞにならないでしょ。理由はちがうの」

「そ、そうなのか……」

いつもクールビューティーな夢羽《むう》があきらかに動揺《どうよう》しているのを見るのはなかなか新《しん》鮮《せん》なものがある。

そんな夢羽もたまらなくかわいいなぁと元《げん》は思った。

しかし、だとしたらいったい本当の理由はなんだろう⁉

トンボ……ふりかえらない……うーん。

ウサギは四本足、トンボは虫だから六本、魚は……ゼロか。
四、六、０……いやぁ、そういうんじゃないな。
瑠香が「元くんも降参《こうさん》⁇」と、うれしそうにニヤニヤしている。

その顔を見ながら、頭のどこかがピカッとひらめいた。

トンボは虫だから……あ、あああぁぁあ！！！

「わかった‼」

元《げん》が言うと、瑠香《るか》も大木《おおき》も夢羽《むう》も彼《かれ》に注目した。

「答えはトンボでいいんだけど、理由もわかったわけ？」

瑠香に聞かれ、大木に祈《いの》るような目で見つめられ、そして夢羽にも興味深《きょうみぶか》く見られている。元はきっぱり言い切った。

「ウサギはほ乳類《にゅうるい》、トンボは昆虫《こんちゅう》、メダカは魚類だろ？　昆虫……つまり虫だからさ……『無視《むし》』したんだよ、トンボだけは」

瑠香は元の肩《かた》をドーンとたたいた。

「正解《せいかい》‼　さっすがなぞなぞ大臣《だいじん》。プリンはあげる」

だから、その呼《よ》び方やめろよ。

「さすがだなぁ。そうか……そうだな。なぞなぞだからな。なぞなぞは元にいつも負けるな」

夢羽はくやしそうに言った。

元はうれしくって顔がにやけてきてしまい、すごくこまった。

「おい、やったな。ありがとう！　これで給食のプリンゲットだぜ‼」

大木《おおき》は感動のあまり元《げん》にギュッと抱《だ》きついてきた。ぐいぐいと力をこめるもんだから息苦しい。

「うげっ、や、やめろって‼」

それを見て、瑠香《るか》も夢羽《むう》も、他の子供《こども》たちも笑いだした。ピー太《た》はいったい何が面白いんだろうと後《うし》ろ脚《あし》で立ち上がり、鼻をぴくぴくさせている。

それを見て、元は改めて思った。

ところで、今のなぞなぞ、どこが「ウサギのなぞなぞ」だよ！！！

言うなら、「トンボのなぞなぞ」なんじゃないのか⁉

2

担任《たんにん》のプー先生はウサギを飼《か》うにあたって、いろいろ勉強したようで、それを元たちにも教えてくれた。

みんな「プー先生」と呼《よ》んでいるが、本当は小日向徹《こひなたとおる》という立派《りっぱ》な名前がある。そのぷくぷくしたおなかのせいなのか、よくおならをプーっとするからなのか、あだ名の由来は定かではない。

銀杏《いちょう》が丘《おか》第一小学校にも以前はウサギ小屋があって、何匹《びき》か飼《か》っていたこともあった。しかし、夏の猛暑《もうしょ》や極寒の冬など、温度変化が激《はげ》しかったせいか、残念ながら全部死んでしまった。

そこで、今回は教室にケージを置いて飼おうということになった。

他のクラスではモルモットを飼っていたり、金魚を飼っていたりしている。この小学校では、基本《きほん》的にはそれぞれのクラスに任《まか》せるという方針《ほうしん》だった。

しかし、さぁ、実際《じっさい》にウサギを飼おうということになった時、実はいろいろと反対意見も出た。

ケージをかんだり、かじり木をかむから、ガタガタうるさくて、子供《こども》たちが授業《じゅぎょう》に集中できないのではないかとか。アレルギーの子供はどうするんだとか、教室が臭《くさ》くなるんじゃないかとか。

でも、ウサギを飼《か》うという子供《こども》たちの願いをどうにかして叶《かな》えたいと思ったプー先生は校長先生や保護《ほご》者に一所懸命《いっしょけんめい》説明をした。

「ウサギというのは草食動物で、敵《てき》から見つからないようすごく注意して暮《く》らしてるんです。だから、自分の体もにおわないようにしていて、本当はとてもきれい好きなんですよ。

ウサギ小屋が臭《くさ》いというのはちゃんと掃除《そうじ》をしていなかったからです。掃除をこまめにして、ブラッシングも小まめにすればにおいも気になるほどにはならないし、アレルギーも出ないということですよ。

アレルギーの気になる子供の席からは離《はな》れた場所に置きますから、なんとか許可《きょか》願えないでしょうか?

きっと動物を飼《か》うことを通じて、いろいろな興味《きょうみ》や知識《ちしき》も増《ふ》えると思いますし、思いやりやさしさ、責任《せきにん》感、命の大切さといった情操《じょうそう》教育の面でもプラスになると思うんです」……と。

たしかに最近はペットブームである反面、動物が飼えないという家も多い。動物とふれあうことで、心をはぐくむことができるのではないかと、プー先生は真剣《しんけん》に思っていた。

だからこそ、子供《こども》たちにも絶対《ぜったい》に無責任《むせきにん》な飼《か》い方にならないよう、常《つね》に注意しているのだ。

冬休みや夏休み、または連休中など、長い休みの時はどうするんだという意見も出たが、用務員室《ようむいん》にケージを置かせてもらえることになったので問題は解決《かいけつ》した。

もちろん、休み中は子供たちが毎日交代でやってきて世話をすることになった。

ピー太《た》は野菜なら、だいたいなんでも食べる。

でも、玉ネギのようなものは食べさせてはいけない。おどろいたことに、人間にはいいといわれるアロエやアボガドもだめだし、レタスやほうれん草なども食べさせないほうがいい。なんとウサギといえばニンジンだが、そのニンジンも食べすぎには気をつけたほうがいいようだ。

そんなこともいろいろ勉強できた。

野菜は、銀杏《いちょう》が丘《おか》銀座、通称「ギンギン商店街」の八百屋《やおや》、ヤオナガのおじさんが売り物にはならないけれど、じゅうぶん食べられる野菜をただで分けてくれている。

商店街近くの子供《こども》が毎日登校する前に野菜をもらってきて、それをみんなで分別する。

これは食べてもいい野菜、食べすぎには気をつけなくちゃいけない野菜、絶対《ぜったい》食べさせてはいけない野菜……というふうに。

意外だったのは、リスが大好物のドングリ。これもウサギは食べてはいけないと書いてあった。

じゃあ、リスは食べてもいいんだろうか？　そのちがいはなんだろう？

ピー太《た》がやってきて間もない頃《ころ》、元《げん》は大木《おおき》や小林聖二《こばやしせいじ》と学校の図書室で『ウサギの飼《か》い方』という本を借りて来て、ドングリについて調べていた。

小林はクラスで一番勉強ができる美少年である。銀縁《ぎんぶち》の眼鏡《めがね》をかけ、さらさらっとした髪《かみ》をかきあげた彼《かれ》は午前中の日差しを浴び、なんとも様になる。

その結果、悪いと思われるのは『タンニン』という成分だということがわかった。

これはいわゆる「渋《しぶ》み」と呼《よ》ばれるもので、それが有害な物質《ぶっしつ》なんだそうだ。

別にドングリだけにあるわけではなく、ウーロン茶や紅茶《こうちゃ》にも含《ふく》まれているし、ワインなどにもあるんだそうだ。

「それにしても、植物はすごいなぁ！　桃《もも》とかさ、梨《なし》とか。実はおいしいから、動物が食べるだろ？　でも、種には渋《しぶ》みがあるから食べられないようになってる。動物たちは実は食べても種は出すわけだ」

小林《こばやし》がしきりと感心して言った。

「そうか！　動物たちがいろんなところに種を吐《は》きだしたり、便で出したりして、そこから芽が出るってわけだな」

元《げん》が言うと、小林がウンウンと大きくうなずいた。

「あぁ、いいなぁ、動物。オレも梨食いたい。桃食いたい……リンゴでもいいな」

隣《となり》で変なところでうらやましがっているのは食《く》いしん坊《ぼう》の大木《おおき》である。

「でも、一番恐《おそ》ろしいのはカビらしいね」

本を読み進めていた小林がそのページを見せた。

「うん。ドングリ自体、たくさん食べすぎなければいいという説もある。イベリコ豚《ぶた》っていうブタはドングリを食べるブタとして有名だしね。でも、傷《いた》んでカビが生えたりしているドングリは毒性《どくせい》が高いから、それを食べると食中毒を起こしたりするらしいよ」

「あ！　イベリコ豚《ぶた》、知ってるぞ。この前、イベリコ豚とアンチョンのピザっていうの食ったもんな」

あくまでも食べ物の話で参加なのは大木《おおき》である。

「それ、もしかして、アンチョビか？」

小林《こばやし》に聞かれ、大木はうんうんとうれしそうにうなずいた。

「そうだそうだ、そうだった！　なんかちょっと大人っぽい味だったぞ」

「アンチョビってなんだよ。変な名前だな」

しかし、さすがの小林も知らなかったようで、「なんだったかなぁ……魚だったと思うけどなぁ」と首をかしげた。

すると、さっきから日だまりのなか机《つくえ》に腕枕《うでまくら》をして気持ちよさそうに熟睡《じゅくすい》していた夢《む》羽《う》が目を開いた。

「アンチョビっていうのはカタクチイワシのことだ。スペイン料理などで使われる時はオリーブオイルに塩辛《しおから》く味つけして漬《つ》けこんだりする。塔子《とうこ》さんがよく料理に使ってるよ」

塔子さんというのは夢羽《むう》の叔母《おば》さん。夢羽の両親は今、外国暮《ぐ》らしなので、塔子さんとふたり暮《ぐ》らしなのだ。

「よくわからんが、うまそうだなぁ」

元《げん》が言うと、大木《おおき》はもっとうれしそうに今度は元のほうを見た。

「うんうん。すっごくうまかったぞ。イベリコ豚《ぶた》とアンチョビのピザ。あぁ、また食いたい……」

「ウサギって、毎日野菜ばかり食べててよく飽《あ》きないよなぁ」

元が言うと、小林《こばやし》が『ウサギの飼《か》い方』を見せた。

「こうしてみてると、野菜にもいろいろあるんだなぁ。あしたば、セロリ、春菊《しゅんぎく》とか、くせがありそうだからダメなのかと思ったけど、栄養満点でいいんだってさ。お、かいわれ大根もいいんだ」

「へぇー!! 小林、野菜の名前よく知ってんなぁ。あ! タンポポもある」

「うっそ。野菜じゃないのにか。タンポポって花だろ？」

大木《おおき》が顔をつっこむから、小林《こばやし》が苦笑した。

「いやいや、これを野菜だと決めたのは人間だよ。植物ってことなら、みんな植物だろ？　それに、タンポポは人間だって食べられるんだってさ」

「へぇー‼」

これには元《げん》もおどろいた。春になったら黄色い花を咲《さ》かせるタンポポ、どうやって食べるんだろう？

それにしても、こうして調べていると、次々といろんな疑問《ぎもん》がわいてくる。

こういうのは面白《おもしろ》いな、テスト勉強とかとちがって。

元は本を読みながらつくづくそう思った。夢羽《むう》のほうをちらっと見ると、彼女《かのじょ》はまた夢《ゆめ》の世界へともどっていた。

3

ピー太《た》が元《げん》たちのクラスにやってきて、最初にやることは飼育《しいく》係を決めることだった。

もちろん、基本的《きほん》にはクラス全員で世話をするのだが、飼育係を決めて、その子供《こども》たちが中心になってすることになった。

また、一ケ月《かげつ》ごとに飼育係は交代する。できるだけ多くの子供たちが世話ができるようにというプー先生の考えだった。

ただし、ウサギがいったいどんな生き物なのか、どんな世話をしなければならないのか、子供たちもなれておく必要がある。

それがわかってから、やりたい子供が立候補《りっこうほ》するということになった。

みんな最初は緊張《きんちょう》して、ウサギにふれるのもこわがる子供もいた。

かみつかれないかと、おそるおそる手を出すのだが、ちょうどその時、ピー太がピョンとジャンプしたりすると大変だ。

大げさにさけんで尻餅《しりもち》をついたり逃《に》げ回《まわ》ったり。その騒《さわ》ぎを聞いて、またピー太がおびえてしまったりもした。

「こらこら、ピー太のような草食動物は特にこわがりだからな。そんな大声出したり、騒《さわ》いだりしたらだめだよ。まずはこっちから心を開いて、だいじょうぶだよって声をかけながら世話をしてみてごらん」

プー先生に言われ、子供《こども》たちもこわごわ世話をするのではなく、声に出して「だいじょうぶだいじょうぶ」とか「ピー太《た》、おはよう」とか、声をかけてみた。そうしながらやればピー太も落ち着いているし、子供たち自身も落ち着いて世話ができるのがわかった。

「さすがだなぁ、プー先生!」

「熊《くま》かカバの生まれ変わりかと思ってたけど、ウサギの生まれ変わりかもな」

などと、くだらないことを言いながらも、プー先生の株《かぶ》はどんどん上昇《じょうしょう》していったのだ。

一週間ほどして、だいたいどういうふうに世話をすればいいか、どんなふうに接《せっ》すればいいかわかってきた頃《ころ》、ロングホームルームで飼育《しいく》係を決めることになった。

ロングホームルームというのは毎日のホームルームとはちがって、月に一度行われるものでで、その名の通り長い時間かけてみんなでクラスの問題について話し合う時間である。

教壇《きょうだん》には委員長の河田一雄《かわだかずお》と副委員長の高橋冴子《たかはしさえこ》がいて、ホームルームの進行を任《まか》されていた。

この河田……他に島田実《しまだみのる》、山田一《やまだはじめ》と、名前に「田」がつくふたりと仲が良く、三人であまりにもバカなことをやってはひんしゅくを買っているもんだから、みんなに「バカ田《ダ》トリオ」と呼《よ》ばれている。

おどろいたことに、本人たちもそのあだ名が気に入っているらしく、「おいおい、バカ田トリオをなめんなよ！」とか「バカ田トリオの名にかけて、成敗してくれるわ!!」などと喜んで使っているのだ。

そのリーダー的存在《そんざい》である河田だが、みんなから人気があるわけでもなく、勉強やスポーツが特にできるわけでもないのに、なぜか委員長になっている。

銀杏《いちょう》が丘《おか》第一小学校の七不思議のひとつにしてもいいなと、元《げん》はひそかに思っていた。

副委員長のほうの冴子は最近副委員長に任命《にんめい》された。

河田《かわだ》があまりにもバカばかりやって、ちっともホームルームがまとまらないので、しっかり者の彼女《かのじょ》が選ばれたのである。

「これからぁぁぁ、ピー太《た》のおおぉぉお！！！！　飼育係《しいく》ぉおおおあおおお！！！決めるにぃぃぃあたってぇぇぇ！！！」

急に河田が大音量でどなり始めたので、みんな両耳を押《お》さえた。

「飼育係《しいく》のぉおお‼」

「ピー太のおぉおおぉぉ‼」

いっしょになって大声出してるのは、バカ田《ダ》トリオのメンバー、島田《しまだ》、山田《やまだ》のふたりである。

プー先生もいるにはいるが注意もせず、自分の机《つくえ》について何か作業をしていた。どうしても手に負えない時は「こらっ！」と注意するのだろうが、子供《こども》たちが自分たちでなんとかするのも授業《じゅぎょう》の一環《いっかん》だと考えているのだ。

「うるさいなぁ‼　河田、やめてよ‼　冴子《さえこ》、河田をなんとかして‼」

両耳を押《お》さえ、冴子に大声で言ったのは瑠香《るか》である。

瑠香《るか》と冴子《さえこ》は親友同士。だからこそ、今のような言い方ができるんだろう。

冴子は三つ編《あ》みにした長い髪《かみ》をゆらし、大声でまだ騒《さわ》いでいる河田《かわだ》の背中《せなか》を思いっきりたたいた。

「ちょっと静かにして！」

「げほっ!!」

河田が大げさに前のめりになっている横で、冴子が言った。

「飼育《しいく》係は一ケ月《かげつ》ずつ交代します。じゃあ、まずは立候補《りっこうほ》する人！　飼育係になりたい人、手挙《あ》げてください!!」

おどろいたことに、「はい！」「はいはい！」「はい!!」と、たくさんの子供《こども》たちが手を挙げた。

他の係員決めの時はだれも手を挙げず、

他の子に押《お》しつけあっているというのにずいぶんちがう。委員長を決める時も押しつけあった結果、河田《かわだ》が選ばれてしまったのだが。

「えーっと……竹内《たけうち》くん、安山《やすやま》くん、木田《きだ》さん……名前、書いていきますから、そのまま挙《あ》げといてください」

「そうだぞぉ！　手下ろすなよぉ。おい、安山！　挙げ方が足りねえぞ」

河田がえらそうに指摘《してき》する。

安山浩《ひろし》は少し気の弱いところがあって、河田にそんなことを言われたりするだけで、両肩《かた》がびくっと大きくゆれてしまうくらいにビビリだ。

その目を泳がせ、二度とそんな注意を受けないよう、一所懸命《いっしょけんめい》手をまっすぐ挙げていた。

「よーし、いいぞ。その調子だぜ」

河田はますますえらそうに言っている。

彼《かれ》のことなど気にせず、冴子《さえこ》はテキパキと立候補者《りっこうほしゃ》を黒板に書《か》きとめていった。

立候補したのは全部で六人。うち、ふたりを飼育係《しいく》にするということで、結局ジャンケン勝負で決めることになった。

どうせまた翌月《よくげつ》交代するのだから、投票したりする必要もないだろう。さっさと決めてしまおうという話になったからだ。

全員、真剣《しんけん》な表情《ひょうじょう》でジャンケンをして決めていき、結局、最初の飼育係《しいく》は安山浩《やすやまひろし》と金《かね》崎《ざき》まるみになった。

まるみは、その名前の通り顔も体もまるまるっとしていて、話し方や声もおっとりとやさしい。

「ピー太《た》ぁ、ごはんだよぉー」

と、呼《よ》びかける声も甘《あま》くやさしくて、ピー太もうれしそうに走ってやってきていた。

安山はおっかなびっくりではあったが、真面目《まじめ》に世話をするだろう。

「よーし、じゃあ、ふたりに任《まか》せたぞ。でも、ふたりだけに任せるのは荷が重いからな。実際《じっさい》の世話はみんなでやろう。そうだな……前日の日直ふたりが手伝うことにする。それならわかりやすいだろう。それから、これは飼育日誌《にっし》だ。これに、毎日だれが何時に何をしたか、ちゃんと書いていくんだぞ」

プー先生がそう言うと、みんな「はーい!」と大きな声で返事をしたのだった。

4

ピー太《た》の世話は朝、授業《じゅぎょう》が始まる前と放課後の二回。朝早めに登校した飼育《しいく》係が朝の世話担当《たんとう》、放課後は前日の日直が行う。休みの日はまた別で、当番を決め午前十一時頃《ころ》に世話をすることに決まった。

まず、水替《みずか》え。ウサギは水を飲まないというのはまちがいでちゃんと飲む。みずみずしい野菜をたくさん食べていると、その野菜にふくまれている水分だけで足りることもあるけれど、それでも新鮮《しんせん》な水は用意しておかなければならない。

そして、エサ。いろんな野菜や野草を食べる。あとはウサギ用に栄養のバランスなども考えて作られているペレットというエサも与《あた》える。干《ほ》し草《くさ》もたっぷり与える必要がある。

果物なども好きだけど、やっぱり食べさせていいもの悪いもの、与えすぎてはいけないものがある。

なんとミカンやグレープフルーツのような柑橘系《かんきつけい》は食べすぎるとうまく消化できないんだそうだ。

反対に、りんご、梨《なし》、パパイヤ、パイナップルといった果物はウサギの消化を助ける働きがある。ただし、糖分《とうぶん》も多いので与《あた》えすぎはいけない。

さて、それから毎日の世話で一番大変なのは掃除《そうじ》である。

ウサギというのはポロポロした小さな黒っぽいフンをする。大量にする。たいして臭《くさ》くはないけれど、放置しておくのはよくない。

フンはあまりにおわないけれど、オシッコはけっこうにおう。放っておくとだんだんにおいが強烈《きょうれつ》になっていって、取れなくなってしまう。

彼《かれ》らはとても清潔《せいけつ》好きなので、あんまり不潔《ふけつ》にしていると、病気になってしまったり食欲《しょくよく》がなくなったりする。

それから、ちゃんと教えると、決められた場所でトイレをするようになる。全部のウサギがそうなのではなく、覚えるウサギもいるということらしい。

幸《さいわ》いなことに、元《げん》たちのクラスで飼《か》うことになったピー太《た》はたいへん頭がよく、すぐトイレを覚えた。

ケージのすみっこに置いた三角形のトイレにちょこんと座《すわ》ってトイレをしているようすはなかなかかわいい。ポロポロ、フンはあちこちにしてしまうが、オシッコはトイレでしてくれる。

小さなほうきとちりとりや小さなスコップを使ってトイレを掃除《そうじ》する。

ケージのなかもぞうきんで拭《ふ》きとってきれいにする。

これを毎日毎日欠かさずやっていれば、ウサギがにおうこともなく、いつまでも元気でいられるということだった。

「やっぱりウサギが臭《くさ》いんじゃなくて、ちゃんと掃除してないウサギ小屋が臭かったんだな。先生、納得《なっとく》したぞ」

プー先生はものすごく感心しながら何度もうなずいた。

先生が小学生だった頃《ころ》、やはり小学校の校庭にウサギ小屋があったそうだ。でも、暑い夏場など、近くを通りかかるだけですえたようなにおいがプーンとしていたし、掃除をしようと思っても、あまりの臭《くさ》さに目がシバシバしてしまった。

先生は動物が好きだったので、ウサギをなでたりしたかったが、あの臭さが苦手でどうしても近寄《ちかよ》れなかったという。

「まぁなぁ。しかたないよなぁ。昔はこんないいケージなかったし、木で作った小屋だったからなぁ。においが染《し》みついてどうしようもなかったんだろう」

たしかに、ピー太《た》の家である大きなケージはとてもいい。ロフトのようになっていて、なかで遊べるスペースもあった。

水を入れたボトルやエサ箱、干《ほ》し草《くさ》ホルダーなどがついている。

小さな窓《まど》もあって、そこだけ開けてピー太の好きな額《ひたい》の部分をなでてあげることもできる。けっこう人なつっこくて、元《げん》たちが近づくと鼻をヒクヒクしながら大急ぎでやってくるのがかわいくってたまらなかった。

でも、たまにかみついてくることもある。悲鳴をあげるほどではないけれど、急にがぶっとやられるからびっくりする。

それが嫌《いや》で飼育《しいく》係はやりたくないと言う子供《こども》までいたくらいだ。

ピー太《た》はまだ子供《こども》だし、本気ではなく遊び半分でかみついてくるだけなのだが、かまれたほうにしてみれば、何も悪いことをしてないのになぜかむんだろう? と、理解《りかい》できない。

プー先生はそういうことも含《ふく》めて、飼育経験《しいくけいけん》というのは人生勉強のためになるんだと満足していた。

実際《じっさい》、こうして直接《ちょくせつ》長い時間ふれあっていないとわからないことは多い。

犬や猫《ねこ》に比《くら》べてウサギはほとんど鳴かないし、無表情《むひょうじょう》に見えるけれど、そうでもない。楽しい時はピョンピョン大きくジャンプする。その跳《は》ね方がとても面白《おもしろ》い。体をねじってピョーンと跳ねたりする。突然《とつぜん》跳ねるからみんなをびっくりさせる。

機嫌《きげん》が悪くなると、もっとびっくりするほど大きな音をたてて後ろ足を踏《ふ》みならす。これを「スタンピング」というのだが、初めて聞いた時はいったい何事なんだろう?と思うくらい大きな音だ。

それから面白いのは寝方《ねかた》である。

ウサギというのは今まで知らなかったけれど、一日中うつらうつらしているんだそうだ。
草食動物はだいたいそうらしい。
いつ肉食動物がやってきてもすぐ逃《に》げられるように、熟睡《じゅくすい》はしないという。

ピー太《た》もだいたい丸くなって黒い目を開けたままジッとしている。でも、たまに突《とつ》然《ぜん》バンと大きな音をたてて横になることがある。
最初は具合が悪くなって倒《たお》れたのかとおどろいたけれど、そうではなくて、むしろものすごくリラックスしている時、そんなふうにするらしい。
あとは甘《あま》えたい時にブーブー鼻を鳴らして、ぐいぐい鼻面で押《お》してきたりする。
でも、機嫌《きげん》が悪くてもブーブー文句《もんく》をい

う時もある。鳴くというより、鼻を鳴らすのである。

これがまた愛らしくって、ブーブーいってるのを発見した子供《こども》は「おい、ピー太《た》がブーブーいってる！」と大急ぎで報告《ほうこく》するのだ。

ところで、まだ鳴き声を聞いていない。

プー先生が調べたところによれば、そうとうこわい思いをした時に「キーキー」鳴くことがあるくらいで、ふだんはほとんど鳴かないんだそうだ。

きっと狼《おおかみ》などに追いかけられて死ぬほどこわい思いをしたりした時なんだろう。逃《に》げまどいながら、キーキー鳴いているピー太を想像《そうぞう》して、ぞーっとした。

だったら、聞かないほうがいいな。

元《げん》は心からそう思った。

まぁ、こんなところに狼はいないけどな。

★冷たい雨

1

「元《げん》、元‼　ちょっと、聞こえてるんでしょ⁉」

母、春江《はるえ》の声が一階から聞こえてくる。

でも、元は二段《だん》ベッドの上でごろりと横になったまま「はいはい」と絶対《ぜったい》に届《とど》くはずのない大きさで返事をした。

寝《ね》ているのかといったらそうではない。

学校の図書室で借りてきた『世界動物園物語』という本を読んでいた。

世界中の動物園を紹介《しょうかい》する本で、写真もいっぱいあったし、それぞれの特徴《とくちょう》をわかりやすく解説《かいせつ》している。

たとえばアメリカのオマハというところにあるヘンリードーリー動物園。ものすごく有名で人気の動物園らしい。

この本では人気ナンバーワンと書いてあった。

とにかく敷地《しきち》が広くって、全部見るのにまる一日はかかるそうだ。世界最大の屋内ジャングルがあって、様々な動物たちがのびのびと生活している。

ここの特色は、ただ動物たちを飼育《しいく》してお客さんたちに見せるだけでなく、いろんな研究をして、だんだん数が減《へ》ってきた動物を人工受精《じゅせい》し、赤ちゃんを誕生《たんじょう》させたり人工保育《ほいく》したりしているところだ。

それから、訪《おとず》れる子供《こども》たちに動物のことをよく知ってもらうために、もし、自分が動物になったらどんな生活をするかを学ぶためのゲームをしたりできるんだそうだ。

あと、シンガポール動物園などもある。ここでは夜、動物を見ることができるツアーがある。動物のなかには夜行性《やこうせい》といって、昼間ではなく夜になって活発に行動するものも多くいる。

そういう動物はいくら昼間見に行っても、ゴロゴロと寝《ね》てばかりで見ててちっとも面《おも》白《しろ》くなかったりする。

そこで、ここではわざわざ暗くなってからお客さんを入れ、夜、動物たちがどんなふうに生活しているかを見せているらしい。

他にも中国の動物園、日本の動物園もあるし、ヨーロッパのほうの動物園も紹介《しょうかい》されていた。

「いいなぁ……動物園。オレも飼育《しいく》係になってパンダの赤ちゃんにミルクあげたい」

ゴロンゴロンと寝返《ねがえ》りを打つ。

小学二年生になる妹の亜紀《あき》が動物アレルギーなので家で動物は飼《か》えないが、元《げん》は動物が大好きである。

犬派《は》でも猫《ねこ》派でもなく、とにかくなんでも好きなのだ。いや、なんでもというとウソになるな。

元は本を頭の上に置いて天井《てんじょう》を見た。

生き物は好きだが、蛇《へび》やハイエナといった危険《きけん》なものは嫌《いや》だ。こわくっても大きくてかっこいいライオンとかジャガーとかなら好きだけど。

以前、動物園でライオンの子供《こども》をさわらせてもらえるという催《もよお》しがあって、行きたくって行きたくって泣いてねだった覚えがある。その時は無理だったが、チャンスがあるなら一度頭をなでてみたい。

そうだ。将来《しょうらい》は動物病院の先生になるのもいいなぁ。そうすれば、かわいそうな動物たちを助けてあげられるし。

動物園の飼育係《しいくがかり》か動物のお医者さんか、どっちが女の子にもてるだろう。などとつい関係のないことを考え、自分で苦笑《くしょう》してしまった。ひょいと起き上がり、勉強机《づくえ》のほうを見下ろした。

ジュースとポテトチップスがあるのだが、そこまで手が届《とど》かない。

さすがにベッドにおやつを持って入ったりしたら、春江《はるえ》にどれだけ怒《おこ》られるかわからない。ふん、そんなの関係ないぜ！　と言うほどつっぱってるわけでもない。正直、母親の怒《おこ》る顔を想像《そうぞう》するだけでうんざりする。

ちぇ、しかたないな。

元《げん》はベッドから起き上がりハシゴを下りようとした……その時だ。

「元!!」

ハシゴに一歩だけ足をかけた……その足首をいきなりつかまれたからたまらない。

「うぎゃぁぁぁっ‼」

カバが水のなかで両足つってひっくりかえったような悲鳴をあげた。

「うっるさいわねぇ。ご近所迷惑《めいわく》でしょ。まったく！　さっきから呼《よ》んでるのに返事もしないんだから。休みだからってゴロゴロしてちゃだめよ！」

春江《はるえ》は目を三角につりあげ、元《げん》をにらみつけた。

そう、学校は連休中。十二月に入ってまもなく、土曜、日曜、学校の創立記念日で三連休だった。きょうはそのまんなかの日曜日。

「だ、だ、だから、今、何の用か聞きに行こうと思ったんだろ？　それに、毎日ゴロゴロしてるわけでもないし」

とっさについたウソというのはすぐばれる。

「あんた、そんなこと言って、どうせそのポテトチップス食べようと思って下りただけでしょ‼」

ああ、母親が超能力《ちょうのうりょく》の持ち主だというのをすっかり忘《わす》れていた。

元《げん》は肩《かた》を落とし、あっけなく降参《こうさん》することにした。

「そんで？　なんか用なの？」

不満たらたらの顔で聞くと、春江《はるえ》は黄色いガマグチを差しだした。

これは最近、彼女《かのじょ》が気に入って使いはじめたお使い用の財布《さいふ》である。ふだん彼女が使っている財布は茶色のふたつ折り財布だが、この幼稚《ようち》なデザインのガマグチは元にお使いさせる時持たせるための財布なのだ。

こんな目立つものを持っているのが恥《は》ずかしくて、できればポケットに入れたいのだが、大きさも中途半端《ちゅうとはんぱ》に大きくって無理矢理押《お》しこむとズボンのポケットが変形してしまう。

またお使いか……。元は心底《しんそこ》うんざりした顔でため息をついた。

きょうは冷たいみぞれのような雨が朝から降《ふ》っている。つまり、自転車でサッと行くわけにはいかないのだ。

「なんなの？　その不満たらたらの顔は！　あのねぇ。うちはパパママ、亜紀《あき》、そしてあんたの四人しかいない家族なのよ？　みんなで協力しなきゃ成り立っていかないの。

いわば家族という会社なんだから！」

春江《はるえ》は最近、よくこういうふうに言う。

たぶんそういう家族もののテレビドラマでも見たんだろう。

「で？　なに買ってくればいいんだよ」

元《げん》はめんどくさそうに聞いた。

これ以上何か言われるのはかなわない。こうなったら、あきらめてさっさと用事をすませてしまうにかぎる。

それは父の英助《えいすけ》に学んだ『処世術《しょせいじゅつ》』である。『処世術』というのは、どうやって生きていくかという術《すべ》のことなんだそうで、これがちゃんとわかっている人は俗《ぞく》に『世渡《よわた》り上手』と言われ、いろいろ得をするんだとか。

そんなことを言ってる英助自身、決して世渡り上手ではないと自分でも言っていたのだが。

2

漫画《まんが》、ゲーム、テレビも大好きだが、元《げん》は読書も好きだ。名探偵《めいたんてい》が名推理《すいり》をしておどろかすような推理小説も好きだが、ピラミッドの秘密《ひみつ》だとか古代文字の謎《なぞ》を解《と》くとか、ノンフィクションストーリーも大好きである。

『ノンフィクション』というのは、『フィクション』ではないということ。では『フィクション』というのは何かというと、『物語』ということになっている。作家が想像《そうぞう》で書いた現実《げんじつ》ではないお話のこと。

じゃあ、その『物語ではない話』というのは何かというと、『事実を基《もと》にした話』ということになる。

もちろん、ピラミッドのこととか古代文字のこととなれば、どこまで本当なのかわからないのだが、このわからないことに想像《そうぞう》力を働かせ、あれこれ考えるのが大好きなのだ。

そして、それと同じくらいに好きなのが動物もの。特に最近、動物たちのことを書いたノンフィクションの本を読んだばかりで、その影響《えいきょう》受けまくりなのだった。

　実はすごくどうもうだというシロクマの赤ちゃんを、赤ちゃんの時から育てた動物園の飼育《しいく》員の話や、ゾウ使いになろうとタイに留学《りゅうがく》した少年の話など、いろんな本がある。

学校の図書室でも、動物ものの本ばかりを置いたコーナーがあった。
　本を読んでいるだけで、行ったこともないような国のことを想像したり、見たこともないような動物のことがくわしくわかったりして、実に面白《おもしろ》い。
　元《げん》は野球やサッカー、柔道《じゅうどう》のようなスポーツもしていないし、塾《じゅく》にも通っていない。だから、他の友達に比《くら》べれば自由な時間が多い。もちろん、読書だけでなく、テレビを見たりゲームをしたり友達と遊んだりしているのだが、こうして春江《はるえ》から気軽に中断《ちゅうだん》させられることも多い。

「あんたねぇ。みんなは塾《じゅく》行ったりスポーツしたりピアノ習ったりいろいろ忙《いそが》しく自分を磨《みが》いてるのよ。将来《しょうらい》のためにね。でも、あんたはどうしても自由な時間がほしいって言うし、パパも元《げん》の好きなようにさせようって言うから自由にさせてるの。だったら、せめてママの手伝いくらいしたってバチは当たらないと思うのよね」

ちょっと聞いただけだと筋《すじ》が通っているようだが、どこか引っかかる。

どこがどうおかしいか指摘《してき》はできないけれど、どうも変な気がしてならない。他の子に比《くら》べて自由な時間が多いんだから、その分家の手伝いをしなさいと単純《たんじゅん》に言ってくれればいいものを、「バチは当たらない」とか言う必要ないんじゃなかろうか。

というようなことを風呂《ふろ》に入りながら父の英助《えいすけ》に言ったことがあるのだが、彼《かれ》の答えは……。

「まぁな。そう思うのもわからないではないが……元、そういう時は半分聞き流しておけばいいんだ。もちろん聞き流してるって顔しちゃだめだぞ。あくまでも真剣《しんけん》な顔で聞いてるふりはしてなきゃな」

と、なんとも不謹慎《ふきんしん》なものだった。

「いろんなことに引っかかるのも決して悪いことじゃないぞ。でも、それを追及《ついきゅう》しても
ただ疲《つか》れるだけってことだってあるんだ。そこをケースバイケース、臨機応変《りんきおうへん》に察して
いく能力《のうりょく》っていうのも生きていくには必要なんだ」

英助《えいすけ》はそう言うと、顔をじゃぶじゃぶっとお湯で洗《あら》い、にやっと笑った。

「ま、言うはやすし、行うはかたしなんだがな」

きっと例の『処世術《しょせいじゅつ》』ってやつなんだろう。元《げん》はそう理解《りかい》して、春江《はるえ》が時々理不尽《りふじん》な
ことを言ったり怒《おこ》ったりしても、いちいち聞き直したりケンカしたりしないことにした。

できるだけ……。

でも、こういうのはその場になると、すぐ忘《わす》れてしまうものだ。

だから、この時もついつい春江に食ってかかってしまった。

「バチが当たらないってなんだよぉ。ただお使い行ってこいって言えばいいのにさ」

口をとがらせて言うと、春江は目をつりあげた。

「まぁたそんな反抗的《はんこう》なこと言う。最近、ほんとそういうとこ、かわいくないわねぇ!」

「かわいくなんかなくたっていい」

「元《げん》！！！　あんた、そんなこと言うならきょうのおやつなしよ」

「へえー！　まだおやつくれるつもりだったんだ」

そう、きょうのおやつはこのポテトチップスとジュースで、春江《はるえ》からすでにもらっていた。

彼女《かのじょ》もついそれを忘《わす》れていたもんだから、「あっ！」という顔になった。

決まり悪そうな顔になったが、さらにむっとして黄色いガマグチを突《つ》きだした。

「とにかくお使い！　これ、ここに書いてあるから、ヤオナガ行ってきて‼」

「はいはい」

「『はい』は一回でよし！」

「はいはい、はーい！」

自分でもなぜこうもいちいちつっかかりたくなってしまうのかわからない。

春江はもう相手にしてられないという顔でくるっと踵《きびす》を返し、ドンドン大きな音をたてて階段《かいだん》を降《お》りていった。

はぁぁ……。さっきまで世界の動物園のことを想像《そうぞう》して、ワクワクしていたというのに。

元《げん》は気を取りなおし、キャップをかぶった。

外は相変わらずの氷雨《ひさめ》。まだ昼前だというのに玄関《げんかん》もうす暗い。

スニーカーをはいて出かけようとする元に、「長靴《ながぐつ》はいていきなさい！」と春江《はるえ》の声が飛んできた。

うげげ、長靴なんて……あんなものは幼稚園児《ようちえんじ》か低学年がはくもんだ。

元は聞こえなかったふりをしていつものスニーカーをつっかけ、玄関から出ていった。

きっとあとであれこれ言われるだろうが、知ったことではない。こうして、言われた通りにお使いをしてるんだから、ありがたいと思ってほしい。

まったく、どうしてこんなにトゲトゲした気分になってしまったのか。

外の冷たい空気のなか、白い息を吐《は》き、元は深々とため息をついた。

そして、首を大きく二、三度ふって大きな声を出してみた。

「よーし！」

だいぶ気分がいい。

冷たい雨がけっこうな勢《いきお》いで降《ふ》っているなか青い傘《かさ》を広げて歩いていく。

銀杏《いちょう》が丘《おか》はその名の通り、町中にたくさんの銀杏の木がある。でも、今はすっかり葉を落としてしまっていた。

ついこの前まであらゆる道はあの特徴《とくちょう》のある扇形《おうぎがた》の黄色い葉っぱで埋《う》めつくされていたというのに。あの葉っぱはいったいどこへ行ってしまったんだろう。

ギンギン商店街までは歩いて七、八分。自転車で行けば三分もあれば到着《とうちゃく》する。だいたいどこに行くにも自転車を使う元《げん》だからこそ、傘をさして冷たい雨のなか歩くというだけで心が重くなってしまう。

小さい頃《ころ》は雨が降ってるだけでうれしかったものだ。傘をさしたり長靴をはくのもうれしかったし、長靴で水たまりをバシャバシャやるのが大好きだった。

水たまりを見つけるとわざわざ遠回りまでして行っていたっけ。あんなことがなぜあんなに楽しかったんだろう。

同じように水たまりではしゃいでいる幼稚園《ようちえん》くらいの子供《こども》たちを見て、元《げん》は苦笑《くしょう》した。

「おい、元‼」

突然《とつぜん》、傘《かさ》をつかまれグイグイやられたからたまらない。

盛大《せいだい》に雨水がかかって、あっという間にずぶぬれだ。

「ちょ、ちょっと‼　やめろよぉ」

力をこめ、傘を奪《うば》いかえす。

青い傘の横からヌーッと顔を出したのは小柄《こがら》な島田《しまだ》だった。

3

河田《かわだ》、山田《やまだ》、島田、三人合わせ、「バカ田《ダ》トリオ」とクラスのみんなに言われているというのはすでに説明済《ず》みだが、とにかくそれくらいイタズラがひどく、いつもバカみたいにふざけていた。

「へへへ。元、なんだよ。こんな雨のなか。おぉ、なんだなんだ、そのかっこわりぃ財《さい》布《ふ》。黄色い財布《さいふ》ってのは金が貯まるんだってな。オレのばあちゃんがそう言ってたぜ。大事そうに持っちゃってさ。かっこわりーのは顔だけにしとけ‼」

う、ううう。こういうのは絶対《ぜったい》に見逃《みのが》さないよなぁ。

とはいえ、ポケットにも入れられないし、いちおう財布なんだからなくすと大変だしで。島田《しまだ》の言う通り、しっかり抱《かか》えて歩いていた。

島田の言うことなんか気にしなければいいんだろうが、ついつい動揺《どうよう》が顔に出てしまう。

「お、お使いなだけだ。うっさいなぁ」

「へへーん、お使いだとー？　ますますかっこわりーな。おい、それよりさ、オレたちこれから吉田《よしだ》んちに集まって、『エネパニ』やんだけどおめえも来るか？　いいぜ、入れてやっても。昼飯、ピザ焼いてくれんだってさ。吉田の母《かあ》ちゃん」

『エネパニ』というのは、『エネミー・パニック』というゲームの略称《りゃくしょう》だ。発売されたばかりのゲームだが、ものすごく人気があるんだそうで、テレビのコマーシャルでも派《は》手《で》に宣伝《せんでん》している。

「吉田《よしだ》、『エネパニ』もう買ってもらったのか⁉」

びっくりして聞くと、島田《しまだ》はまるで自分のことのように自慢《じまん》気にそっくりかえった。

「ふふふ、そりゃあな。あいつんちは親が甘《あま》いからな」

吉田大輝《たいき》はずっと不登校だったが、最近ちょくちょく学校に来られるようになってきた。

彼《かれ》も名前に「田」がつくところから、バカ田《ダ》トリオたちが気に入って、よくいっしょに遊んでいる。吉田はとてもおとなしいタイプだし、そのうえ勉強もよくできる。バカまるだしの河田《かわだ》、島田、山田《やまだ》とはまったくちがうタイプなのだが、妙《みょう》に気が合うらしい。

『エネパニ』には心がぐぐぐっと動かされたが、お使いの途中《とちゅう》で寄《よ》り道《みち》なんかしたら、春江《はるえ》に呪《のろ》い殺されてしまいそうだ。

「いやぁ、きょうはやめとく。でも、近いうちにぜひやりたいからって言っといてくれよ」

「ちぇ、せっかく誘《さそ》ってやったのにな。いくら頼《たの》んだって、ぜーってぇ誘ってやんねえからな‼　ばーかかーばっ‼　おめえなんかカバにけられちまえ‼」

島田《しまだ》はそう言うと、思いっきり舌《した》を出し、指で目の端《はし》を下げた。いわゆる「あかんべー」という顔だ。

あぁ、もう、ほんとにガキだ。バカだ。バカなガキだ！

こんなのに関わってる時間が惜《お》しい。オレは早くこのお手伝いをすませて、家に帰って、本の続きを読むのだ。

言いたいことはいっぱいあったし、二、三回けってやりたかったが、ぐっと我慢《がまん》した。

と、そこに赤い傘《かさ》をさした少女が現《あらわ》れた。

冷たく降《ふ》りしきる雨のなかに現れたもんだから、元《げん》も島田も息をのんだ。

幻想《げんそう》的とも言える美しさに言葉を失ってしまったからだ。

少女は彼《かれ》らを見ると、ニコッと笑いかけた。

「やぁ、元、島田。どこに行くんだ？」

華奢《きゃしゃ》な体つきで、水色のダッフルコートを着て、黒のコーデュロイパンツをはいている。

足には白い長靴《ながぐつ》。それがまた彼女《かのじょ》がはくとものすごくオシャレに見えた。まるで外国の子供《こども》のようだ。

長いボサボサの髪《かみ》をむぞうさにたらし、白い顔に、黒々とした長い睫《まつげ》に縁取《ふちど》られた大きな瞳《ひとみ》……。

ほんのりピンクの頬《ほお》にリップクリームをつけたみたいなつやつやの唇《くちびる》。

夢羽《むう》である。

まさに天使か妖精《ようせい》のような、そのふんいきに似《に》つかわしくないぞんざいな口調で元《げん》たちに聞いた。

「あ、あぁ、い、いや、そういうわけじゃないんだが……」

元があわてて言うと、島田《しまだ》もようやく我《われ》に返ったようだった。

「な、なんだ、茜崎《あかねざき》か。びっくりさせんな！」

「びっくりさせたのか。ならばすまない」

なんで夢羽があやまらなくちゃいけないのか。元は島田をにらみつけた。

島田はまぶしそうに夢羽を見て、次に元を横目で意地悪そうに見た。

「そうだ、茜崎。おまえ、時間あるなら、これから吉田《よしだ》んちに行くんだけど、来ねえか？」

元《げん》は「えっ！」と声をあげてしまった。

まさか島田《しまだ》が夢羽《むう》を誘《さそ》うとは思いもしなかったからだ。よくまぁ、そんな暴挙《ぼうきょ》に出たもんだ。

ああ、しかし、そうか……。

元はすぐ理解《りかい》した。島田は元に意地悪をするため、夢羽を誘ったんだ。夢羽と仲のいい元だから、夢羽だけ誘ったらきっと怒《おこ》ると思ったんだろう。だから、わざわざこんなことを。

……まったく。

まぁ、夢羽がそんな誘いにのるわけがないのだが。

と、思ったのに、夢羽は島田をまっすぐ見返した。

「何するんだ？」

え？　えええ？？？

元があわてふためいている横で、島田も負《ま》けず劣《おと》らずあわてふためいてしまった。自分から誘っておいて、まさか夢羽がそんな反応《はんのう》をするとは思ってなかったんだろう。

「え、い、いや、えっと……あーあ、あれだ。吉田《よしだ》が『エネパニ』買ったから、これからやるんだ。ま、知らねえだろうけどな」

夢羽《むう》は細い首を少しだけかたむけた。

「『エネミー・パニック』かぁ。よく手に入ったな。インターネットのニュースで見たけど、発売と同時に売り切れとかで、いろんなゲームショップの前に徹夜《てつや》で並《なら》んでいる人がいたらしいのに」

すると、島田《しまだ》は「ほう！」という顔になった。

「なんだなんだ。おめえ、女のくせにけっこう話早いじゃねえか。そうなんだ。でも、吉田の母《かあ》ちゃんが知り合いのツテ頼《たの》んで特別に買えたんだと。オレたちもなぁ、毎日並《なら》んだんだぜ？」

「並んだってどこに？」

と、聞いたのは元《げん》だ。

島田は横から首をつっこむなと言わんばかりに元をにらみつけた。

「アミューズ屋だよ」

「ええ――――!?」

アミューズ屋というのは国道沿いにできた大型スーパー、サガトヤに入っているオモチャ屋だ。あそこに超《ちょう》人気最新ゲームの『エネミー・パニック』が入荷するとは‼ さすがはサガトヤだ。

「で、いつから並《なら》んでたんだよ。徹《てつ》夜《や》で並ぶだなんて、よくお父《とう》さんたち許《ゆる》してくれたなぁ」

そりゃそうだ。小学五年生がゲームを買うため、徹夜で並ぶだなんて。常識《じょうしき》では考えられない。

島田《しまだ》のやつ、もしかしてまたウソついてるんじゃないだろうか。島田だけでなく、バカ田《ダ》トリオの連中はみんなくだらないウソをよくつく。

「きのう、アメリカに行ってロブスターのステーキ食べてきた」とか「オレのおじさん、月に行ったことあるんだぜ」とか「この前のテスト、全部百点だったから、母《かあ》ちゃんに寿司《すし》連れてってもらった。野球ボールくらい大きな寿司だった!」とか。

とにかくそのくだらなさは空前絶後《くうぜんぜつご》である。

まぁ、あまりにくだらないもんだからだれもだまされない。だまされないってことは人に迷惑《めいわく》をかけてるわけじゃないからいいんじゃないかと、大木《おおき》は言ってる。

言われてみればそうかもしれないけれど、それにしても今回のウソは微妙《びみょう》にほんとっぽくて気になった。

4

島田《しまだ》はちまっとした鼻をうごめかせた。

「ばーか！　だれが徹夜《てつや》したとか言ったよ」

「え？　徹夜じゃないのかよ」

「そりゃそうだろ。んなの小学生ができるわけねぇし。ばっかじゃねーの？」

く、くっそおぉぉ。頭くる言い方だ。

くやしそうに顔をゆがませる元を横目に見て、島田はこれ以上ないっていうくらいに幸せそうな顔をした。

「放課後にな、オレたちみんなで毎日並《なら》んだんだぜ！」

「放課後に毎日って……何時から何時までなんだ？」

「そりゃぁ、学校終わってすぐ、三時から五時のチャイムなるまで、きっちりな。月曜から五日は並んだぜ」

「みんなって……バカ田《ダ》トリオ全員か？」

「そりゃそうだ。すげぇだろ！」

すごいというのかなぁ。それに、並ぶっていうのはずっとそこから離《はな》れずにいるから意味があるんだ。毎日二時間ずつ並んで何の意味があるというんだ。

そう思ったけれど、島田《しまだ》相手にそんな正論《せいろん》を言っても、なんだかんだ反論されてめんどうくさいだけ。元《げん》がスルーしようとしたのに、夢羽《むう》が首をかしげた。

「それ、意味あるのか？」

「えぇぇ⁇」

島田はグッと言葉につまった。ふだんだったら、へりくつをマシンガンのように言ってくるくせに、夢羽相手では調子が狂《くる》うらしい。

「それに、吉田《よしだ》はお母《かあ》さんのツテで特別に買えたんだろ？　だったら、余計《よけい》に意味がないと思うのだが」

そういえばそうだった。

島田《しまだ》の完璧《かんぺき》な負けである。あまりに完璧すぎて、気の毒に思えてしまうくらいだ。

彼《かれ》はムーッと頬《ほお》をふくらませ、ものも言わず来た道をもどっていった。きっと吉田の家へ行くんだろう。

彼を見送った元《げん》と夢《む》羽《う》はなんとなくいっしょに歩き始めた。

「元はお使いか？」

夢羽に聞かれ、びっくりしてうなずいた。

「なんでわかったんだ⁇」

そう聞いた元に夢羽はにっこり笑った。

「その黄色い財布《さいふ》、元が使うには大きすぎるからな。きっとお母さんに頼《たの》まれたんだろうと思っただけだ」

「そ、そっか……」

くっそぉ、やっぱりかっこ悪いとこ見られちゃったじゃないか。

元《げん》は耳までまっ赤《か》になった。

でも、夢羽《むう》はそんな元を見て言った。

「元、やさしいんだな」

「え？　ええ⁇」

「こんな冷たい雨が降《ふ》る日だから、お母《かあ》さんのお使いに行ってあげるんだろ？　普通《ふつう》なら断《ことわ》るところだ」

いや、断りたくても断れないってだけなんだが。

それに、さっき春江《はるえ》にあれだけ反抗《はんこう》的な態度《たいど》を取ってしまって、ちょっとした言い合いまでしたわけだから、ほめられても恥《は》ずかしいだけだ。ま、うれしいことはうれしいけれど。

「茜崎《あかねざき》は？　何か用なのか？」

照れくさいもんだから、話題を変えてみた。

夢羽は赤い傘《かさ》を持ちなおし、ポケットのなかから黄色い財布《さいふ》を取りだした。

「え？」

「これ、塔子《とうこ》さんの財布《さいふ》なんだ。どうしてみんな黄色い財布が好きなのかな」

「ははは。じゃあ、やっぱりお使いかぁ」

「そう。ヤオナガに行く」

「あ！　じゃあ、オレといっしょだ」

うれしくって、思わず声が裏返《うらがえ》ってしまった。

うひゃ、かっこわりぃ！

カーッと顔が熱くなったが、幸《さいわ》い傘《かさ》で隠《かく》すことができた。

ふたりでギンギン商店街に到着《とうちゃく》した時、後ろから大きくクラクションが鳴ってびっくりしてしまった。

大きな白い乗用車が通りすぎようとしたのだが、その後部座席《ざせき》を見て、夢羽《むう》がつぶやいた。

「今、乗ってたの……溝口《みぞぐち》だ」

「え⁇　溝口健《けん》？」

「そう」

元《げん》にはよく見えなかったけれど、夢羽《むう》が言うのなら事実だろう。

まぁ、ただそれだけのことだから、ふたりともそれ以上何も言わず、ヤオナガに急いだ。

ギンギン商店街はクリスマスと歳末《さいまつ》大売り出しと、二種類の飾《かざ》りつけで大にぎわいである。

それでも、これだけ冷たい雨が降《ふ》っているとなんだかしょぼくれて見えるのだった。

★ピー太《た》のピンチ

1

「おう、元《げん》。ピー太《た》が具合悪いらしいぜ」

翌日《よくじつ》十一時過《す》ぎ、学校にやってきた元に気づいて大木《おおき》が走りよった。

きょうは学校の創立記念日で休みだが校庭開放の日なので、大木、それから小林《こばやし》の三人で待ち合わせしていた。サッカーでもやって遊ぼうというつもりだった。

小林も先に来ていた。

「ピー太が⁉」

と、聞きかえした元に小林が答えた。

「ああ、なんか女子が言ってる。うずくまったまま動かないし、エサもぜんぜん食べてないって」

「あの食《く》いしん坊《ぼう》のピー太《た》がかぁ。それは心配だなぁ」

「そうだろう？　やっぱり生き物はちゃんと食べるもの食べないとダメだ」

人一倍食いしん坊な大木《おおき》は真剣《しんけん》な顔で言った。

いつもエサ箱は空っぽになってるくらい食欲《しょくよく》もりもりのピー太だから、それはほんとに心配だ。

「用務員《ようむいん》さんのところにいるんだよな？　ピー太」

「うん、そうだよ。見に行くか？」

「行こう行こう」

三人は連れだって用務員室へ向かった。

校庭の周りをぐるりと校舎《こうしゃ》が囲むように建っているのだが、用務員室は校門の横に建った校舎の端《はし》にある。

ふだんは用務員さんが朝七時から夜七時まで交代で勤務《きんむ》しているが、休みの日は朝の十時から夕方四時までいて学校の用事をしている。

その用務員室のすみっこにピー太のケージを置かせてもらっている。

腰《こし》くらいの高さの棚《たな》があって、その上に置いてあるのだ。直射《ちょくしゃ》日光も当たらず、かといって暗くもなく、風通しもほどよくあって、寒くもない。

そんなちょうどいい場所である。

それに、休み前までは元気いっぱいだったのに。

「ピー太《た》、ぐあい悪いんだって？」

ピー太のケージ前にいる女子ふたりに、元《げん》は声をかけた。

栗林素子《くりばやしもとこ》と久保《くぼ》さやかだった。

ふたりは同時にふりむいて、大げさにため息をついた。

「そうなんだよね。ほら、キャベツ見せてもこっちこないもん」

素子は手に青々としたキャベツを持っていた。

いつもだったら「ブーブー」いいながら、すごい勢《いきお》いでダッシュしてくる。そして、こっちの手から奪《うば》いとろうと、強く引《ひ》っ張《ぱ》ったり、両手でバンっとパンチしたりして大急ぎでモグモグ食べはじめる。そんなに急がなくたってだれも取りはしないと元たちはよく笑っていたというのに。

今はケージの奥《おく》のほうにうずくまったまま、こっちを見ようともしなかった。

いったいどうしたんだろう……？

元《げん》と大木《おおき》、小林《こばやし》は顔を見合わせた。

「病院連れてったほうがいいんじゃないか？」

元が言うと、ピンク色のセーターとジーンズ姿《すがた》のさやかが口をとがらせた。

「そんなの、元君に言われなくたってちゃんとやってるよ。まずはプー先生にしらせたほうがいいだろうと思ったから、用務員《ようむいん》さんに頼《たの》んで連絡《れんらく》つけてるとこ。わたしたちが勝手に連れていくわけにいかないでしょ！」

たしかに、言われてみればその通りだ。

いつもはアイドルのウワサ話やだれとだれがあやしいとか、だれがかっこいいとか好きとか嫌《きら》いとか、恋《こい》バナばかりしている印象のさやかだが、ずいぶんしっかりしたことを言うもんだ。

元《げん》は少々めんくらってしまった。

女子というのはこんなふうに突然《とつぜん》大人っぽいことを言いだすから本当にこまる。

「おい、ピー太《た》、どうしたんだ？　食べすぎたのか？」

大木《おおき》がすみっこにうずくまったままのピー太に声をかけた。

「大木くんじゃあるまいし、そんなことないよ」

素子《もとこ》があきれてそう言った。

彼女《かのじょ》は赤に白いドット模様《もよう》のついたセーターとチェックのキュロットスカート。短めにカットした髪《かみ》には赤いピンどめをつけていた。

冬でも日に焼けたような小麦色の肌《はだ》で、話すと鼻の頭にしわが寄《よ》る。

「そうかなぁ。たぶん、そうじゃないかと思うんだよなぁ」

「食べすぎかどうかわからないけど。じゃあ、なんか食っちゃいけないもん食べたとか？」

元《げん》が言うと、大木《おおき》が大きくうなずいた。

「ああ、タマネギとかな」

「でも、だれがそんなものあげるかなぁ」

小林《こばやし》に聞かれ、元も大木も言葉につまった。

そう言われてみればそうだ。

クラスのみんないっしょに勉強したんだから、そんなことする生徒はいないはずだ。

まさか用務員《ようむいん》さんが⁉

それはありえる。タマネギじゃなくても、別の何か……もしかして、ドングリをあげてしまったとか⁉

そう思ってたら、用務員さんがもどってきた。黒縁《くろぶち》の眼鏡《めがね》をかけ、グレーのジャケットを着たおじさんだ。

「小日向《こひなた》先生とは連絡《れんらく》ついたよ。先生、すぐ来てくださるそうだから安心しなさい」

みんなそれを聞いてホッと息をついた。

元《げん》は思い切って聞いてみた。

「あの！　もしかして、ピー太《た》に何か食べさせましたか？」

用務員《ようむいん》さんは眼鏡《めがね》の奥《おく》の目をまん丸にした。

「いやいや、そんなことはしてないよ。預《あず》かる時にも小日向《こひなた》先生から世話は全部子供《こども》たちがやりますからって言われてるしね。特に頼《たの》まれないかぎりは何もしないよ」

自分のせいでピー太のぐあいが悪くなったと思われてはたまらないと、用務員さんは何度も首を横にふった。

そこまで否定《ひてい》されると、なんだか悪いことを聞いたような気がしてくる。

それにしても、ピー太、いったいどうしてしまったんだろう。

……と、見ていて大変なことに気づいた。

「水がない！」

「え⁇」

いつも新しい水がいっぱい入っているはずのボトルが空《から》っぽになっていたのだ。

小林《こばやし》はボトルを取って確《たし》かめてみた。

「あれ？　これ、留《と》め方がゆるいな」

水用のボトルはパチッと留め金をかけてふたをしめ、上下逆《さか》さまにしてケージに取りつけるようになっている。ふたにピー太《た》が飲むための部分がついていて、そこを押《お》し上《あ》げるようにすると、少しずつ水が出てきて飲める仕組みなのだ。

そのふたの留め金がちゃんとしまってなくて、徐々《じょじょ》に水がもれてしまったらしい。

その証拠《しょうこ》に、水ボトルが取りつけられている下だけ水浸《みずびた》しになっていた。

「わ、わたしたちじゃないよ。だってわたしたち、当番じゃないし、水替《みずか》えまで気づかないよぉ。だよねぇ？」

「うん。それに、水ボトル、横についてるし透明《とうめい》だから気づきにくいもん」

素子《もとこ》とさやかは口をとがらせ、むきになって言った。

彼女《かのじょ》たちも自分たちのせいにしてほしくないからだろう。

「じゃあ、きょうはまだ水替えしてなかったってことか」

「そうか……水が飲めなかったんだ！」

「でも、いつからだ⁇」

「かわいそう！　ピー太《た》‼」

そのせいかどうかわからないが、とにかくすぐ水をボトルに入れてみた。

「ピー太、水だよ！　水、飲んでみて」

「のどかわいてたんでしょ？　かわいそうに」

素子《もとこ》たちがさかんに声をかけるが、ピー太は少しも動かない。じーっとうずくまって
いるだけだ。

「水じゃないのかなぁ……」

「どうだろう」

元《げん》たちが首をひねっていると、息を切らしてプー先生がやってきた。

「ピー太のぐあいが悪いんだって？」

「わたしたち、当番じゃないけど、きょう、校庭開放の日だし、ピー太に会いにきたら、
なんかおかしいなって。だよね？」

「そうそう。いつもはおでこのとこなでてって、すぐやってくるのに来ないし。当番
じゃないけど、早く気づいてよかったよね！」

素子《もとこ》たちはしきりと自分たちが当番じゃなかったと強調した。

「で？　当番の子はどうした？　休日は十一時頃《ころ》に来るよう言ってあるんだけどなぁ」


プー先生はケージの扉《とびら》を開け、ピー太《た》のおなかのところをそっとさわった。

ピー太はピクッと耳を動かし、警戒《けいかい》するようにこっちを見て、鼻をぴくぴく動かした。

「ふむ……よくわからないなぁ。まぁ、すぐどうにかなるような重症《じゅうしょう》ではないようだし、とにかく動物病院に連れていこう。おまえたちはもう帰っていいよ」

「えぇー!?　どうなったか気になるぅー！」

「そうだよね‼」

素子《もとこ》たちが悲鳴のような声をあげた。元《げん》たちも気になるのは変わりない。

プー先生は苦笑して、元たちを見回した。

「まぁ、明日は学校なんだから、その時にわかるだろ」

そう言えばそうだった。

元たちはおとなしく引き下がり、プー先生がピー太《た》をキャリーバッグに入れるのを見守っていた。

元気になるといいなぁ！

元は心からそう思ったのだった。

2

しかし、ピー太は結局病院にしばらく入院することになってしまった。

重病だったというわけではなく、原因《げんいん》がわからないから、「食欲《しょくよく》が出て元気になるまで預《あず》かりましょう」と言われたそうだ。

たしかに、ぐあいが悪いのに一匹で教室にポツンと残しているのは心配だ。夜、何かあってもだれも何もできない。


火曜日の昼休みのことだ。

河田《かわだ》が目を引きつらせてクラスを見渡《みわた》した。

「それよりさぁ！　だれだよ、ボトルのふた、ちゃんとしめてなかったやつ！」

「でも、水が原因なのかわかんないんだろ？」

小林《こばやし》が言ったが、河田は大きな音をたて、机《つくえ》をたたいた。

「あのなぁ‼　水だぜ、水‼　おめえ、水なくてどうすんだよ。のどかわいてたって、ピー太《た》、『水ください』って言えねえんだぜ⁉　それでぐあい悪くなったに決まってんだろ。きのうの当番だれだよ！　さっさと名乗り出ろ‼」

みんな水を打ったように静まりかえる。

冴子《さえこ》が不機嫌《ふきげん》そうに言った。

「そんなの、ギャーギャー大げさに言わなくたって飼育日誌《しいくにっし》見ればわかるじゃん」

それもそうだ。

毎日だれが何時に何をしたかを付けておく日誌《にっし》があるんだった。

「さすが冴子《さえこ》！」

瑠香《るか》が大きな声で言うと、河田《かわだ》は「うぐっ」とのけぞり、漫画《まんが》みたいなリアクションをした。

それがおかしくって、何人かは笑いだした。

まったく。河田はあんなこと言ってるけど、ぜんぜんまじめじゃない。クラスのみんなだってそうだ。

元《げん》は少し腹が立ってきた。

12月1日（月）	佐々木雄太《ささきゆうた》、栗林素子《くりばやしもとこ》	3時30分	水替《みずか》え、エサやり、そうじ
12月2日（火）	山田一《やまだはじめ》、島田実《しまだみのる》	3時30分	水替え、エサやり、そうじ
12月3日（水）	木田恵理《きだえり》、末次要一《すえつぐよういち》	3時15分	水替え、エサやり、そうじ
12月4日（木）	河田一雄《かわだかずお》、大木登《おおきのぼる》	3時20分	水替え、エサやり、そうじ

12月5日（金）　水島久美《みずしまくみ》、三田佐恵美《みたさえみ》　3時30分　水替《みずか》え、エサやり、そうじ
12月6日（土）　高瀬成美《たかせなるみ》、小林聖二《こばやしせいじ》　11時　水替え、エサやり、そうじ
12月7日（日）　溝口健《みぞぐちけん》　内田里江《うちだりえ》　11時　水替え　エサやり、そうじ
12月8日（月・創立記念日）　竹内徹《たけうちとおる》　桜木良美《さくらぎよしみ》

ここまで書かれてあった。

きのうは八日。竹内徹と桜木良美が来るはずだったのだが、なんとふたりとも用事があって来られなかったらしい。

それがわかって、みんなからさんざん文句《もんく》を言われた。

「わたしたちが行って、おかしいって気がついたからよかったけど、そうじゃなかったら今ごろピー太《た》、死んじゃってたかもしれないよ！」

「そうよ。ひどいよひどいよ。ふたりとも無責任《むせきにん》すぎる。行けないなら、飼育係《しいくがかり》に連絡《れんらく》するっていうきまりになってたでしょ‼」

素子《もとこ》とさやかが興奮《こうふん》気味に言うと、竹内《たけうち》も良美《よしみ》もまっ青《さお》な顔でうつむいた。

「オ、オレ、連絡したんだ、安山《やすやま》に。でも、家族で遊びに行ってて、留守《るす》だって。安山んちのおばあちゃんに言われたんだ。だけど、オレのところも家族で出かける用事ができて……きっと桜木《さくらぎ》が行ってくれると思ったんだ」

竹内《たけうち》が言うと、良美《よしみ》は顔を左右にふった。

「それはわたしもそうよ。朝からぐあい悪くって、緊急《きんきゅう》病院行ってたんだよね。熱もあったし。でも、きっと竹内君が行ってくれてると思ってたし……ごめん」

そういうことならふたりともしかたないか。

元《げん》がそう思った時、河田《かわだ》がまたドンと机《つくえ》をたたいた。

「おいおいおい‼　ふたりともなに無責任なこと言ってんだ‼　ふたりともどっちかが行ってくれてると思ってたとかさ。ありえねえぜ。ピー太《た》、なんにも言えねえんだぜ？

ケージからも出られねえし」

強い口調で言うと、島田《しまだ》や山田《やまだ》も「そうだそうだ‼　なんだよ。おめえら、自分たちの勝手ばっか言って」「そうだぞぉ‼　おめえら、ひどいなぁ‼」といっしょになって大声で言いたてた。

竹内《たけうち》も良美《よしみ》も言いかえせず、口を結んでうつむいている。

良美は涙《なみだ》も浮《う》かべていた。

「ちょっと、言いすぎなんじゃないの？　ふたりとも事情《じじょう》あったみたいだしさ」

瑠香《るか》が見かねて河田《かわだ》に言うと、彼《かれ》はまたまた机《つくえ》をたたいた。

「言いすぎだとおぉ⁉　オレは言い足りねえんだ！　何も言えないピー太《た》のかわりに言ってやってるだけだぜ」

まぁ、河田の言うのも一理ある。

……と、その時、小林《こばやし》が口を開いた。

「で、水のボトルのことなんだけど。留《と》め金《がね》がゆるんでて、水がなくなってたんだ。それ、だれが最後にさわったんだ？」

「おおぉ、そうだそうだ。それそれ！　おとといってぇと、溝口《みぞぐち》と内田《うちだ》だよな？」

ノートに何か書いていた溝口健《けん》は鉛筆《えんぴつ》を止めた。

「オ、オレは……水のボトル、さわってない。エサをやるのと掃除《そうじ》しかしてないし」

溝口は鉛筆で左耳をぽりぽりしながら言う。里江《りえ》は思いつめたような顔でしきりと首を横にふった。

「わたしもさわってない。だいたい水のボトルって、毎日替《か》えなくたっていいって、まるみちゃん言ってたもん」

そう言われて、飼育係《しいく》のまるみは目をさらに丸くした。

「そんなこと言ってないよ。毎日替えなくっても大丈夫《だいじょうぶ》だけど、替えたほうがいいんだって意味で言ったんだもん」

「そう？　だって、その時、ボトルの水、めいっぱい入ってなかったけど、いいんだって言って替えなかったじゃない？」

そう言われて、まるみは目を泳がせた。

どうやら事実だったらしい。

「なんだよ。飼育係もいい加減《かげん》だよなぁ！　めんどくさかっただけじゃねえのか？」

河田《かわだ》に責《せ》められ、今度はまるみが涙《なみだ》ぐんでしまった。

3

飼育日誌《しいくにっし》を見ていた元《げん》は、何か引っかかるような気がしてならなかった。何が引っかかるのかわからず、しきりと首をひねっていた。すると、隣《となり》でずっと黙《だま》っていた夢羽《むう》がボソッとつぶやいた。

「溝口《みぞぐち》、この時間、ギンギン商店街を走る車に乗ってたな」

「え⁇」

そ、そういえば！！！

急におとといの昼のことが思い出された。

ギンギン商店街にお使いに行った時のことだ。夢羽にも会ったし島田《しまだ》にも会った。

あの時、車の後部座席《ざせき》に乗った溝口を見かけたんだった。

「あれって何時だっけ？」

「ちょうど十一時だったと思う」

夢羽《むう》は少し悲しげに顔をくもらせた。

「あいつ、十一時にピー太《た》の世話したって書いてあるけど、やってないのか」

「そうだな。まぁ、時間が前後したのかもしれないけど。それに、もうひとりの係である内田《うちだ》さんがやっておいたってことも考えられる。あるいは……」

「あるいは⁇」

夢羽はさらに暗い表情《ひょうじょう》になった。

「どちらもやらなかったか」

「そんなぁ‼」

元《げん》はびっくりして溝口《みぞぐち》と里江《りえ》を見た。

彼《かれ》らは水のボトルに関してはわからないと言いとおしていた。とすると、その前の日の当番が怪《あや》しいということになったのだが、それがなんと高瀬成美《たかせなるみ》と小林《こばやし》だった。

女子は全員、「小林君がそんなドジするわけないよね！」とか「だいたいボトルのふたがおかしいって気づいたの小林君でしょ？」とか「バカ田《ダ》トリオならわかるけど、小林君のはずないもん！」とか、口々に言いだした。

小林のアイドル並《なみ》の人気には、元も大木《おおき》も苦笑するしかない。

それはさておき、さすがに二日も前から水がないはずはない。土曜日には水のボトルの留《と》め金《がね》がちゃんとしていたことを小林《こばやし》が主張《しゅちょう》して、みんなも納得《なっとく》した。

とすると、いったいどういうことなんだろう⁉

だれもが知らないうちに留め金がゆるんで水がもれてしまったんだろうか。

「まぁ、そう考えるしかないな。それが一番自然だし。ということは、ピー太《た》の水がなくなった可能性《かのうせい》はおとといの十一時以降《いこう》ってことになるな。溝口《みぞぐち》と内田《うちだ》が世話した後なんだから」

と、小林が言った時、里江《りえ》が急にわっと泣きだしてしまった。

え？　ええ⁇　どうしたんだ⁉

元だけじゃなく、クラスのみんなが彼女《かのじょ》に注目した。

「やっぱりおまえがボトル、ちゃんとしめてなかったのかよ！」

河田《かわだ》が聞くと、彼女は嫌々《いやいや》をするように首を激《はげ》しく横にふった。

「そうじゃなくって、行けなかったの！」

「行けなかった？」

瑠香《るか》が聞くと、里江《りえ》は涙《なみだ》で濡《ぬ》れた顔を上げた。

「そう。おととい、ピアノの特別レッスンがあって、どうしても十一時には行けなかったんだ。でも、溝口《みぞぐち》君が行ってくれてるだろうと思って。いちおう、電話はしたんだよ？　でも、留守電《るすでん》だったから、そのこと言っておいたし。溝口君、行ってくれたんだよね？」

そう聞かれて、溝口は「うっ」と口ごもった。

でも、「そりゃ、やったよ。そう書いてあるだろ」と言った。

元《げん》は急に心臓《しんぞう》がドキドキしはじめた。

ついさっき夢羽《むう》とその話をしたばかりだったからだ。

もしかして、溝口のやつ、ウソついてないか??

ドキドキしながらそう思った時、急に隣《となり》にいた夢羽が口を開いた。

「それで、ボトルのふたはちゃんとしめたのか？」

溝口はびっくりして夢羽を見た。

「そ、そりゃあ、しめたよ」

彼《かれ》はそう言って、両手でふたをしめるまねをした。

「なるほど。だとすれば、十一時から後のことになるんだな。水がもれたのは」

「わかんないけど、そうなんじゃないのか？」

溝口《みぞぐち》は不機嫌《ふきげん》そうに口をとがらせた。

「でも、ちょっとおかしいなぁ。君、左利きだよね？」

「え??」

彼《かれ》は夢羽《むう》に聞かれて、左手に持った鉛筆《えんぴつ》をあわてて右手に持ち直したりした。

でも、そんなことをしてもバレてるものはしかたないと思ったのか、一度咳払《せきばら》いをした。

「そうだけど、それがなんだよ」

瑠香《るか》たち、クラスのみんなはいつも名推理《めいすいり》を披露《ひろう》しておどろかせる夢羽のことだから、何かあるんだろうと注目した。教室はさっきとうってかわって静まりかえっている。

夢羽は首を小さくかしげた。

「あの水ボトル、ふつうのとはちょっとちがってて、左利きの人がしめようとすると、手前に回さなければならないはずなんだ。でも、今、逆《ぎゃく》だった」

「そんなの、知らないよ。たまたま偶然《ぐうぜん》だろ！　ちゃんと回したよ‼　変なこと言うな‼」

と、大きな声で夢羽《むう》に食ってかかった時、瑠香《るか》がきっぱり言い切った。

「あの水ボトル、回してしめるんじゃないよ。カチって留《と》め金《がね》をするだけだもん」

「え、ええええええ⁉」

溝口《みぞぐち》は瑠香がいったい何を言ってるのかわからないようで、目を丸くしたまま固まってしまった。

「そう言えばそうだよ。あのボトル、カチって留めるもんね」

「うんうん。回したりしないもんな。溝口、もしかしてさわったことないんじゃないのか？」

「いや、さっき水ボトルにはさわってないって言ってたじゃないか！」

瑠香の近くにいた生徒たちが口々に言った。

溝口はごくんと喉《のど》を鳴らし、目を泳がせている。

河田《かわだ》がドンっとまた机《つくえ》を派手《はで》にたたいた。その音に溝口《みぞぐち》はビクッと肩《かた》をゆらした。

4

「溝口！　おまえ、まさかウソついてんじゃねえか？　おととい、ピー太《た》の世話行ってねーんだろ‼」

島田《しまだ》も小柄《こがら》な体のわりに大音量の声で言った。

「こら！　ウソつきは泥棒《どろぼう》のはじまりだって母《かあ》ちゃんが言ってたぞ」

それに続いたのはおかっぱ頭の山田《やまだ》だ。

「そうだそうだ。ウソつくな！　つくならモチつけ‼」

「おめえ、うまいこと言うなぁ」

「へへへへ」

「ペッタンペッタン、モチをつけー！」

「な〜〜にィ〜〜⁉」

ふたりくだらないことを言い合っているのを河田《かわだ》が押しのけた。

「おい！　早いとこ、ゲロしちまえ！　おめえ、結局行ってねえんだろ？」

どこで覚えたのか、まるで刑事《けいじ》ドラマの取り調べのようだ。

河田たちに問いつめられ、溝口《みぞぐち》はあわてて首をふった。

「いやいや、行ったって‼」

「じゃあ、なんで水のボトルのしめ方知らねえのか！」

「そ、それは……」

すると、夢羽《むう》が口を開いた。

「溝口君、行ったことは行ったんだろう。ただし、十一時じゃなかった。きっと用事が終わってその後、飼育日誌《しいくにっし》を付けにだけ行った。そうじゃないのか？　ふたりとも行ってなかったら、日誌にいつ書いたのかということになる」

溝口は目を丸くしたまま、口をへの字にした。

無言だということは認《みと》めたということなんだろう。

「実はおとといい、ちょうど十一時頃《ごろ》、商店街で車に乗ってどこかに行く溝口を見たんだ」

夢羽《むう》に言われ、溝口《みぞぐち》は彼女《かのじょ》を見た。

「十一時というのはちがうだろうなと思ったけど、じゃあ、日誌《にっし》に書いたのはだれかということになる。

内田《うちだ》さんが書いたんだと思ってたけど、彼女も行ってないってことは、君だけになる。きっと用事をすませた後、気になって行ったんじゃないのか？」

「…………」

溝口はがくっと肩《かた》を落とした。

「……おじさんがデパートに連れてってくれるって言うんで行ったんだ。内田が世話してるだろうと思ったけど、家、帰ってみたら留守電《るすでん》入ってて。だから、あわてて行ったんだ……」

「行って、十一時に世話をしたって飼育日誌《しいくにっし》に付けたわけ？」

瑠香《るか》があきれ顔で聞いた。

溝口は半べその顔で答えた。

「オ、オレ、ちゃんと見たんだ。でも、ピー太《た》のエサ箱にはエサ入ってたし、水もあったし。時間なくって、だから……帰ったんだ」

「ちぇ、んだよ。おめえも内田《うちだ》もひでえもんだな！　無責任《むせきにん》すぎるぜ。だぁら、ピー太《た》のぐあいが悪くなったんだ」

河田《かわだ》がはきすてるように言うと、島田《しまだ》も山田《やまだ》も「そうだそうだ‼」とはやしたてた。

さすがに、瑠香《るか》たちもかばうことはできないでいた。

ウソはいけないな……。

元《げん》も深々とため息をついた。

隣《となり》で大木《おおき》と小林《こばやし》も顔を見合わせ、同時に小さく肩《かた》をすくめた。


と、その時、夢羽《むう》が飼育日誌《しいくにっし》をトンと音をたてて指さした。

「え？」

「なになに？」

「なんだ⁇」

と、みんなの注意がいっせいに集まる。

12月1日（月）	佐々木雄太《ささきゆうた》、栗林素子《くりばやしもとこ》	3時30分	水替《みずか》え、エサやり、そうじ
12月2日（火）	山田一《やまだはじめ》、島田実《しまだみのる》	3時30分	水替え、エサやり、そうじ
12月3日（水）	木田恵理《きだえり》、末次要一《すえつぐよういち》	3時15分	水替え、エサやり、そうじ
12月4日（木）	河田一雄《かわだかずお》、大木登《おおきのぼる》	3時20分	水替え、エサやり、そうじ
12月5日（金）	水島久美《みずしまくみ》、三田佐恵美《みたさえみ》	3時30分	水替え、エサやり、そうじ
12月6日（土）	高瀬成美《たかせなるみ》、小林聖二《こばやしせいじ》	11時	水替え、エサやり、そうじ
12月7日（日）	溝口健《みぞぐちけん》　内田里江《うちだりえ》	11時	水替え　エサやり、そうじ
12月8日（月・創立記念日）	竹内徹《たけうちとおる》　桜木良美《さくらぎよしみ》		

「山田《やまだ》と島田《しまだ》」

呼《よ》ばれたふたりはびっくりして一瞬《いっしゅん》だまりこんだ。

でも、すぐに「なんだよ！」「なんか文句《もんく》あっか！」と、まるで不良そのもののような言い方で夢羽《むう》に食ってかかった。

しかし、彼女《かのじょ》はそんなことにはまったく動《どう》じない。

あくまでも冷静な表情《ひょうじょう》のまま、彼《かれ》らの名前が書かれた飼育日誌《しいくにっし》を指さした。

「この日誌によれば十二月二日火曜日、山田《やまだ》と島田《しまだ》が当番で三時三十分に世話をしているとなってる」

「おう、そうだぜ！　オレたちはどこかの無責任《むせきにん》男や無責任女とはちがうんだ！」

「ちゃんと世話したんだからな。なんか文句《もんく》あんのか‼」

島田と山田は顔を突《つ》きだし、肩《かた》をそびやかした。

「おととい、『エネパニ』ってゲームを買うため、月曜から五日間は毎日学校終わってすぐきっちり三時から五時のチャイムが鳴るまで、アミューズ屋っていうオモチャ屋にバカ田《ダ》トリオ全員で並《なら》んだって言ってただろ。だとしたら、この日誌《にっし》はウソになるんじゃないのか？」

事情《じじょう》を知らない他の子供《こども》たちはポカンとして聞いていたが、その場にいた元《げん》には全部わかった。

そう言えばそうだ‼

先週、五日間、『エネパニ』を買うために、オモチャ屋の前で並んだと島田《しまだ》のやつ、自慢《じまん》していたじゃないか。

ということは、ピー太《た》の世話なんかできないはずだ。

バカ田《ダ》トリオの三人はようやく夢羽《むう》が何を言ってるのかがわかって、目を引きつらせた。

「何よぉ。あんたら、あんなにえらそうにしてたけど、結局、自分だって世話してないくせに、ウソ、日誌《にっし》に書いてたんじゃないの？」

瑠香《るか》に言われ、島田と山田《やまだ》は口をへの字にした。

バカ田トリオのリーダー、河田《かわだ》はそんなふたりの肩《かた》をぐいと引きよせ、何か耳打ちしはじめた。見かねて、瑠香が大きな声で言った。

「ちょっとぉ！　何ごちゃごちゃやってんの。さっさと白状《はくじょう》しなさいよ!!」

河田はクルッとふりむいた。

「ばっかじゃねえのか？　オレたちはなあ、ちゃんと世話してから並びに行ったんだ!!どうだ。それなら文句《もんく》ねえだろ!?　ま、時間はちょっとちがってたかもしれねえけどな！」

そう言われると、証拠《しょうこ》がないだけに何も言えなくなる。

瑠香《るか》が黙《だま》りこんだ時、夢羽《むう》がまた日誌《にっし》を指さした。

「なるほど。だったら、十二月四日、木曜日。これ、河田《かわだ》と大木《おおき》、三時二十分に世話をしたことになってるけど。その時も先に世話をしてから行ったのか？　大木、どうだったんだ？」

そう聞かれて大木は「あっ！」と声をあげ、あわてて両手でその口を押《お》さえた。

5

「なんだよ」

河田は目をつりあげて大木のほうを見た。

「大木！　ちゃんと答えろよ、どうだったんだ？」

元《げん》が聞くと、大木はすごくこまった顔で河田と元、そして夢羽のほうを代わる代わる見た。

夢羽《むう》は大木《おおき》に改めて聞いた。

「この日、もしかしたら河田《かわだ》は世話に来なかったんじゃないのか？　世話は大木だけに任《まか》せて」

「う、う……え、えっと……」

大木はしどろもどろで大きな体をもじもじさせた。

そのとたん、河田は「お、おまえぇ！！！」と大木の太い足を何度も膝《ひざ》でけりはじめた。

「い、痛《いた》い痛い」

大木が痛がっているのを元《げん》がかばった。

「おい、やめろよ‼」

「そうよ。すぐ暴力《ぼうりょく》ふるうんだから。さいってーだよね、ほんと。猿《さる》みたい。ううん、そんなこと言ったらお猿さんに悪い」

瑠香《るか》が辛辣《しんらつ》なことを言う。

河田《かわだ》は顔をまっ赤《か》にして、今度は瑠香《るか》をたたこうと手を上げた。

「きゃ！」と彼女《かのじょ》が思わず悲鳴をあげた時、河田の手首をぐいとつかんで、ひねりあげたのは夢羽《むう》だった。

「い、いてぇぇ‼」

瑠香より大げさに悲鳴をあげ、心底痛《しんそこいた》そうに顔をゆがめる河田。彼《かれ》に夢羽が言った。

「べつに、オモチャ屋の人に聞いてもいいんだ。そうすれば、あんたの言ってることが正しいのか、ウソなのかわかるだろう」

引きつった顔の河田は激《はげ》しく体をゆらし、夢羽の手から逃《のが》れた。

そして、肩《かた》で息をつきながら言った。

「へん！　んなこと聞いたって、あのじじいが覚えてるわけねえだろ？　んなの、何の証拠《しょうこ》にもならねえぜ‼」

夢羽《むう》はほーっとため息をついた。

「そうだね。たしかにそうかもしれない……こまったな」

それを聞いて、河田《かわだ》は鬼《おに》の首でも取ったかのように目を輝《かがや》かせた。

「へ、へへへ‼　ほーらなっ！　おめえなぁ、名探偵《めいたんてい》だのなんだの言われていい気になってんじゃねえぜ！　人のことゴチャゴチャ言う前に、もっとちゃんと考えてからもの言えよなっ！　名誉《めいよ》ケンソンで訴《うった》えるぞ！」

「それ、言うなら名誉毀損《めいよきそん》な」

小林《こばやし》がすかさず言うと、河田は「ふん！」と胸《むね》を張《は》った。

「ちぇ、小林。おめえもなぁ、ちょっと女子に人気があるからっていい気になってんじゃねえぞ。今に痛《いた》い目にあわせてやっからな、覚えてろよ！」

その言い方の憎《にく》たらしいこと。

「きぃぃぃー‼」

瑠香《るか》がものすごい顔で河田につかみかかろうとした。

それを冴子《さえこ》たち女子が全力で止めた。

「瑠香《るか》、やめなよ。河田《かわだ》なんか本気で相手にするだけ疲《つか》れるって」

「そうだよそうだよ！」

「なんだとおぉぉお‼」

わぁわぁと大騒《おおさわ》ぎである。

こういう時にかぎって、プー先生がなかなか来ない。あんまり騒いでいると、隣《となり》のクラスの先生がやってきたりするかも。

元《げん》はハラハラしながら見ていたが、大木《おおき》にもう一度聞いた。

「なぁ、本当のこと言ったほうがいいぜ。河田のやつ、おまえにだけ世話を押《お》しつけて帰ったんだろ？　だから、けったりしたんじゃないのか？」

大木は青い顔で黙《だま》りこんでいる。

本当のことなど言って、あとでひどい目にあうのが嫌《いや》なんだろう。

それはわかるけど、このままじゃ夢羽《むう》の立場がない。

「なぁ、茜崎《あかねざき》を救えるのはおまえだけなんだぞ⁉」

大木《おおき》の腕《うで》をつかんでゆすったが、彼《かれ》は黙《だま》って足下を見つめているだけだった。

しかたないなぁ……。

元《げん》がため息をついた時、ずっと足下を見ていた大木が顔を上げた。

そして、河田《かわだ》に向かって言ったのである。

「河田、おまえ、『オレ、用事あるから先帰るけど、あとよろしくな〜』って言って、日誌《にっし》にだけちゃっかり名前書いて帰ったじゃないか！」

さっきまでまっ青《さお》だった顔が今やまっ赤《か》である。

唇《くちびる》もふるえてるし、ぎゅっと握《にぎ》りしめたこぶしもふるえている。

調子にのって、まだぺらぺらと演説《えんぜつ》をしていた河田が目を丸くし、ごくりと喉《のど》を鳴らした。

みんなも同じだった。

ようやくその呪縛《じゅばく》がとけて、瑠香《るか》が立場逆転《ぎゃくてん》！　とばかりに、河田につめよった。

「ほら、やっぱりそうじゃないのよ‼　最低‼　あんたねぇ、いい加減《かげん》なことばっかしてたらろくな大人になれないんだからね！　あやまりなさいよ、夢羽《むう》と小林《こばやし》君とあと、大木《おおき》君にも！」

さすがにもう言いのがれはできないと思ったのか、河田《かわだ》は肩《かた》をすくめた。

「ちぇ、ちぇちぇ！」

どうしてもあやまりたくはないようだ。

ふざけて「ちぇっちぇっ」と舌打《したう》ちを続け、机《つくえ》や椅子《いす》をけっている河田に夢羽が言った。

「あやまるなら、ピー太《た》にあやまってほしい。さっき自分で言ってただろ？『ピー太、なんにも言えねえんだぜ？　ケージからも出られねえし』って」

しかし、なんとなんと。河田はむすっとした顔で自分の席について、寝《ね》たふりをしてしまったのである。

幼稚園《ようちえん》児《じ》だな、まるで。

元《げん》はあきれかえった。

みんなもこれ以上怒《おこ》ってるのがバカらしくなったようだ。

「でもさぁ……。結局、ピー太《た》の世話、ちゃんとしてなかったの、バカ田《ダ》トリオだけじゃないってってことだよね？　飼育《しいく》係のふたりは別として」

瑠香《るか》が言うと、飼育《しいく》係のまるみが言った。

「ううん、わたしも……最初のうちはすっごくていねいに掃除《そうじ》したり、遊んだりしてたけど、最近はわりと簡単《かんたん》にすませてたかもしれない」

もうひとりの飼育係の安山《やすやま》も横でうなずいている。

「ぼくもそうかも……たしかに毎朝水替《か》えるのめんどうで、まだ半分以上あったらそのままにしてたこともあったな」

たぶん他のみんなも少しずつ心当たりがあるようで、これ以上バカ田《ダ》トリオや溝口《みぞぐち》、里江《りえ》を非難《ひなん》する者はいなかった。

元《げん》だってよく考えてみれば、そんなに真剣《しんけん》に掃除しなかったこともあった。あれだけ清潔《せいけつ》にしてないとだめだと説明があったというのに。もうひとりの当番がするだろうとか、どうせ次の日、飼育係がしてくれるだろうと他人任《たにんまか》せにしてしまっていた。

「ピー太《た》、早く元気になるといいな……」

大木《おおき》がボソッとつぶやいた。

「そうだなぁ。またもりもり食べるとこ見たいしな」

元《げん》が言うと、大木は大きく何度もうなずいた。

「だいじょうぶ。きっと元気になって帰ってくるさ」

隣《となり》で小林《こばやし》も言った。


ピー太が教室にもどってきたのは翌日《よくじつ》だった。

もうすっかり元気で、前と同じようにこれまで通り野菜も干《ほ》し草《くさ》もウサギ用のペレットもモリモリ食べてみんなを安心させた。

「もしかしたら、毛球症《けだましょう》かと疑《うたが》われてたんだけどね」

プー先生は動物病院のお医者さんから受けた説明をみんなにも伝えた。

「毛球症というのは、毛が胃に溜《た》まってしまって、食べ物がうまく消化できなくなる病気で、ウサギの病気としてはとても有名なものなんだそうだ。ウサギというのはネコとちがって、毛を吐《は》きだすことができないらしくってねぇ。だから、この症状《しょうじょう》にならないような成分がウサギ用のペレットに入ってるようだね。でも、それだけじゃなくて、ウサギというのは消化器系《けい》の病気になりやすいそうだよ」

ピー太《た》はよく自分の毛《け》をなめて毛づくろいしている。その時、少しずつ毛を飲みこんでしまってるんだそうだ。

その毛をうまく排泄《はいせつ》できず、だんだん胃に溜《た》まってしまうと、胃のなかを圧迫《あっぱく》してしまって、うまく消化できなくなる。食欲《しょくよく》も落ちて元気がなくなって、フンも小さくなっていく。

薬でも治すことはできるが、症状が悪化してしまったら、手術《しゅじゅつ》しなければならないケースもあるそうだ。

ウサギのような小動物の手術はとても危険《きけん》だし、なかなかむずかしいんだそうだ。

でも、幸《さいわ》いピー太はただの消化不良だったそうで、動物病院に入院して、その間に点《てん》滴《てき》を打ってもらったり、薬を飲ませてもらって完治することができた。

「本当は一日くらいで退院してもよかったらしいんだがな。大事をとって、きょうまで入院させてたんだ。よかったなぁ！　人間の赤《あか》ん坊《ぼう》もそうだが、小さい生き物というのは急に悪くなったりするから油断《ゆだん》ならないんだ」

　プー先生は何度も何度も「よかった」とくりかえした。

　元《げん》たちももちろん同じだった。

　前日の昼休みに、あんなことがあったもんだからよけいだ。

「水のボトルが空《から》だったのは関係ないの？」

　瑠香《るか》が聞くと、プー先生が答えた。

「それもそんなに関係ないようだ。たしかに水は必要だけど、毎日新鮮な生野菜を食べていたから、だいじょうぶだと言われたよ。さぁさぁ、みんなもう席にもどって。こんなに注目されちゃピー太《た》も疲《つか》れるからな。静かにしてやろう」

プー先生に言われ、みんな名残惜《なごりお》しそうに席にもどった。

「オレ、もっとピー太《た》と遊んでやろう」

自分の席にもどった元《げん》が言うと、隣《となり》の夢羽《むう》もうなずいた。

「そうだな。見ていれば元気があるかないかすぐわかるからな」

「そういえば……溝口《みぞぐち》に言ってただろ？　左利きだからとか。あれ、わざとなのか？」

そう、それだけ気になっていた。

ウサギの水ボトルのしめ方が左利きの場合は手前に回すとか、なんかそういうことを言ってたけど。関係あるんだろうか⁇　結局、水ボトルはカチッと留《と》め金《がね》をするやり方でしめるわけだし。

すると、夢羽はちょっとだけ肩《かた》をすくめ、ぺろっと舌《した》を出した。

「ごめん。引っかけだったんだ。水ボトルのことを言うのに、回してしめるような動作をしてたからね。これは水替《みずか》えをしたことないんだなと思ったんで。でも、そんなこと言っても、ちょっと勘《かん》ちがいしただけだと言われそうだったからね」

「なるほど‼」

あんな時によくすぐ思いつくもんだ。

元《げん》は感心して聞いていた。

それにしても……。ピー太《た》、すぐ元気になってよかった。

最初のうちはもの珍《めずら》しいから、みんなうるさいほど世話したがったし、遊びたがったのに。一ヶ月《かげつ》も経《た》つと、水替《みずか》えさえめんどくさくなった。

掃除《そうじ》も、一日くらいサボったっていいだろうと適当《てきとう》にすませたこともある。

元《げん》だってそうだ。

たぶん、クラスのみんなも心当たりがあったんだろう。

河田《かわだ》はひどいやつだけど、ひとつだけ正しいことを言っていた。

「ピー太、なんにも言えねえんだぜ？　ケージからも出られねえし」

そうなんだ。犬や猫《ねこ》とちがって、ウサギは特に鳴き声もあげないし、表情《ひょうじょう》もわかりにくい。

こっちが小まめに注意してなきゃな。

ふりかえって見てみると、ピー太《た》はすっかり安心しきった顔で体を長々と伸《の》ばして、ひなたぼっこをしていた。

茶色の毛並《けな》みに午前中の光があたって、きらきらと輝《かがや》いていたのだった。

おわり

ムーとゲンのスパイ大作戦《だいさくせん》！

★舞踏会《ぶとうかい》に潜入《せんにゅう》せよ！

1

飛行機のビジネスクラスのシートに深々と座《すわ》り、肩《かた》を回す。

ゲン・スギシタはギンナン国の秘密諜報員《ひみつちょうほういん》。映画《えいが》やテレビドラマの世界ではスパイと呼《よ》ばれ親しまれている。

実際《じっさい》、スパイというのは、敵国《てきこく》に潜入し、さまざまな重要機密《きみつ》を盗《ぬす》みだしたり、情報《じょうほう》を収集《しゅうしゅう》したり、逆《ぎゃく》に偽《にせ》の情報を流したりする役割《やくわり》の人間である。

機関員、工作員、密偵《みってい》というような言い方もする。また、味方の諜報員はエージェントと呼ばれる。

通常《つうじょう》、味方の諜報員のことを「エージェント」、敵の場合は「スパイ」という呼び方がされるようだ。

外交官や政府《せいふ》の要人を兼任《けんにん》している場合もあるが、ビジネスマン、ジャーナリスト、学者という民間人に成りすます諜報員《ちょうほういん》もいる。

ゲンがそうだ。

特殊《とくしゅ》な技能《ぎのう》や身体能力《のうりょく》が優《すぐ》れていることが必要なのだが、ゲンはずば抜《ぬ》けて運がよく人に警戒《けいかい》されないという特殊《とくしゅ》技能があった。そのおかげで今まで数多くのピンチをかいくぐってきた。

また、あくまでも普通《ふつう》で、どこにでもいそうな背格好《せかっこう》、人相などから、会社のサラリーマンになったり、旅行者になったりしてきた。

今までだれにも見とがめられることもなく、任務《にんむ》を遂行《すいこう》できているのが買われ、今回の仕事も任命《にんめい》されたというわけだ。

さて、問題の任務とは……。

ゲンはてのひらにすっぽり収《おさ》まるタイプのＰＣ《ピーシー》パッドをポケットから取りだし、親指をあて指紋認証《しもんにんしょう》した後、次はカメラに目を近づけた。瞳孔《どうこう》認証である。

一般《いっぱん》のＰＣ《ピーシー》でも指紋認証は普通になってきたが、ゲンたちが使うものはさらにセキュリティを強化してある。

二重三重のセキュリティをパスすると、画面をさっとなぞった。

すぐさまライトが点滅《てんめつ》し、画面が表示《ひょうじ》される。

このライトも三段階《だんかい》の種類がある。ＰＣパッドを読むための光、周囲を照らすための照明灯、相手の目くらましをするための光である。

ＰＣパッドはゲンにとって財布《さいふ》よりもパスポートよりも重要なアイテムである。

このように任務《にんむ》の他、必要な情報《じょうほう》は全て入っているし、撮影・録音はもちろんのこと、ケースをスライドさせて開けると、小さな物入れにもなっていて、小型の工具も収納《しゅうのう》されている。

また、横からのぞきこまれても画面の内容《ないよう》はまるでわからないような強力な保護《ほご》シートも装備《そうび》されている。

ワイヤレスのイヤホンを右耳にだけ装着《そうちゃく》。トンと指で画面をタップすると、動画が始まった。

最初に現《あらわ》れたのは中年男性《だんせい》が町中を歩いている映像《えいぞう》。白髪《しらが》まじりの男ですらっとした体型でスーツが似合《にあ》っている。

よく日焼けした顔のアップでいったん止まり、説明が流れはじめた。

「アルフレッド・ラルドル伯爵《はくしゃく》。イギリスの有名な貴族《きぞく》である。しかし、その裏《うら》で国家の機密事項《きみつじこう》を反対勢力《せいりょく》に高値《たかね》で横流しをし、私腹《しふく》を肥《こ》やしていることが発覚した」

次に画面には延々《えんえん》と緑が広がった後、大きくて立派《りっぱ》な白い建物が映《うつ》しだされた。

広大な敷地《しきち》の森に囲まれ、まるでファンタジーの世界に出てくるお城のような屋敷《やしき》である。

中庭にはプールもあるし、美しい芝生《しばふ》のテニスコートやプライベートのゴルフ場も併《へい》設《せつ》されているのがわかった。

今回の標的、ラルドル伯爵の豪邸《ごうてい》なんだろうが、とんでもない富豪《ふごう》だな……。

ゲンは感心して、首を左右に振《ふ》った。

「ロンドン郊外《こうがい》にあるラルドル家の屋敷では、毎年大規模《だいきぼ》な舞踏会《ぶとうかい》が開催《かいさい》される。しかし、同時にラルドル伯爵の裏の顔でもある、闇《やみ》の取引も行われる。そこで今回の君の使命だが、舞踏会《ぶとう》に客として潜入《せんにゅう》し、伯爵《はくしゃく》が取引に使おうとしている機密《きみつ》文書を盗《ぬす》みだしてほしい。

なお、機密文書が屋敷《やしき》のどこにあるか、どういう形態《けいたい》をしているかなど、情報《じょうほう》はつかめていない。屋敷内にあるということだけは確かなのだが……。

先に潜入《せんにゅう》したムーという同僚《どうりょう》が情報をつかんでいるもよう。いち早く合流し、協力して任務《にんむ》を遂行《すいこう》すること。ただし、ムーがどこでどんなふうに現《あらわ》れるかは不明である」

とにかく急務《きゅうむ》ということだった。何しろ、ゲンが他の任務についている最中、一番近くにいるからということで急きょ派遣《はけん》されることになったくらいなのだから。

「ムー」か……。

それだけでは男なのか女なのかわからない。

ゲンは急いで画面をタップした。

すると、画面に小柄《こがら》な少女のような風貌《ふうぼう》の女性《じょせい》が映《うつ》しだされた。長い黒髪《くろかみ》はボサボサで、大きな黒い瞳《ひとみ》は美しいが、いったい何を考えているかわからない感じで心許《こころもと》ない。

今回の相棒《あいぼう》は彼女か……。

こんなまるで少女のような子と自分だけでだいじょうぶなのか⁉

ゲンはあごに手をやり、「ふうむ……」と小声でつぶやいた。

いつにもまして、今回はむずかしい任務《にんむ》のようだ。


PC《ピーシー》パッドの電源《でんげん》を切り、目を閉《と》じた。

現地《げんち》に着いたら休んでいる暇《ひま》はない。今のうちに充分睡眠《じゅうぶんすいみん》を取っておかなければ。

そう思ったとたん、ガクンと飛行機がゆれた。

これではおちおち寝《ね》てられないじゃないか。

ゲンはため息をつき、再《ふたた》びPCパッドの電源を入れた。

飛行機は気流の不安定な箇所《かしょ》を飛行中らしく、しばらくはダメだろう。今のうちに調べられるものは調べておこうと思ったからだ。

この飛行機にはインターネット通信のサービスがあるが、むろん地上にいる時ほど快《かい》適《てき》には使えない。

まして、これほどゆれていては……。

ゲンが一所懸命検索《いっしょけんめいけんさく》した結果、アルフレッド・ラルドル伯爵《はくしゃく》の豪邸《ごうてい》を探《さが》しだすことに成功した。

ロンドンの郊外《こうがい》。細い川に面したところ一帯、ほとんど村まるごと、彼《かれ》の家の敷地《しきち》であることがわかった。

すごいなぁ……。

敷地に入ってから家に行くまで車で何分かかるんだろう。

ゲンはため息をついた。次はアルフレッド・ラルドル伯爵について書かれた資料《しりょう》に目を通すことにした。

「アルフレッド・ラルドル伯爵。四十六歳《さい》。ケンブリッジ大学卒業後、先祖《せんぞ》代々のワイン会社の経営《けいえい》をするかたわら、スポーツも万能《ばんのう》で、ウィンブルドンテニスでは準々決勝《じゅんじゅん》まで勝ち残ったことがある。

温厚《おんこう》な人柄《ひとがら》で知られ、数々のボランティア団体《だんたい》の理事を務《つと》めている」

どの写真を見ても、たしかに温厚でやさしそうな目をしている。まさか裏《うら》の顔があるとはだれも想像《そうぞう》しないだろう。

次に、彼《かれ》の催《もよお》す舞踏《ぶとう》会について調べてみた。

きれいに着飾《きかざ》った男女が踊《おど》ったり談笑したりしている写真が何枚《まい》も出てきた。若者から御年寄《としよ》りまで、バラエティ豊《ゆた》かだ。

政財界《せいざいかい》からの大物や貴族《きぞく》たち、二百人以上が参加する豪華《ごうか》な舞踏会である。このなかにゲンもゲストの一員として潜入《せんにゅう》するのである。

もちろん、相棒《あいぼう》となるムーもだ。いや、そのはずだ……。しかし、いったいどんなふうに潜入しているのかは不明なのだ。

ゲンは画面をスッとスライドさせた。

そこにはゲンの顔写真と経歴《けいれき》などが書かれてあった。借り物のプロフィールである。

それによれば……ゲンは「タロウ・ヤマザキ。二十四歳《さい》。東京《とうきょう》大学を卒業後、日本とアメリカの合弁《ごうべん》の一流商社エプサルンに勤務《きんむ》。今回は会社を代表して出席することになった。特技《とくぎ》は「テニス」。アルフレッド・ラルドル伯爵《はくしゃく》はテニスプレイヤーとしても有名なので、話が合うかもしれないというコメントが付いている。

実際《じっさい》、ゲンはテニスが好きでトレーニングも兼《か》ねて週二回、二時間はみっちりやっている。

そう、彼《かれ》らは身体能力《のうりょく》もかなり要求されるので、日頃《ひごろ》からトレーニングは欠かせないのだ。

童顔で、十代に見られてしまうほど若々《わかわか》しい外見のゲンだったが、筋肉《きんにく》もがっちりついているし体も締《し》まっている。

とはいえ、プロ並《な》みの腕前《うでまえ》だというアルフレッド・ラルドル伯爵《はくしゃく》と話が合うんだろうか?? 何の話をすればいいんだろうか。

ゲンはいろいろな状況《じょうきょう》を想定して、考えをめぐらした。

一通りの資料《しりょう》をチェックし終えた頃《ころ》、ようやく気流が安定したようだ。

ゲンはPC《ピーシー》パッドをポケットにしまい、目を閉《と》じるのだった。

2

ロンドンの国際《こくさい》空港、ヒースローに降《お》りたったゲンは休憩《きゅうけい》する暇《ひま》もなく、さっそくアルフレッド・ラルドル伯爵《はくしゃく》の屋敷《やしき》に向かうため、入国審査《しんさ》を受けた。ちなみにこの時はちゃんとゲン・スギシタ本人のパスポートで入国した。

多くの旅行客はそのまま預《あず》けた荷物をピックアップするため、ターンテーブルのほうへ行くのだが、ゲンはそんな荷物などない。

黒いリュックサックひとつを背負《せお》い、広々とした空港のなかを早足で歩いていく。

空港の外に出ると、さわやかな五月の風が首筋《くびすじ》を吹《ふ》きぬけていった。

さっと目を走らせ、タクシー乗り場を見つける。

本当なら、現地《げんち》の仲間に車を用意してもらうところだが、今回は急なことでその時間もない。

単純《たんじゅん》に送迎《そうげい》してもらうだけだから、タクシーでいいだろうという判断《はんだん》。

ロンドン名物のブラックキャブである。

昔はその愛称《あいしょう》通りすべて黒い車体だったらしいが、今は色とりどりの広告をつけたタクシーもあった。

ゲンが乗ったのは昔ながらの黒一色のタクシー。日本の自動ドア車とはちがい、自分で開《あ》け閉《し》めしなければならない。

気のよさそうな運転手がにこやかに笑いかけてくる。

天井《てんじょう》が高めで室内もゆったりしている。

ゲンは行き先を告げると、後部座席《ざせき》で器用に服を着替《きが》えはじめた。

舞踏会《ぶとうかい》に行くのだから、それなりの服にならなければならない。用意してきたのは
オーソドックスな黒のタキシードスーツだ。

黒一色のカジュアルなリュックサックも裏返《うらがえ》すと、黒のシンプルな手提《てさ》げバッグに早変わり。

のりのピンときいた白いシャツに黒の蝶《ちょう》ネクタイをつける。

短く刈《か》った髪《かみ》をてのひらで整え、タクシーのバックミラーで点検《てんけん》。運転手と目が合うと、「ハンサムになりましたね！」というようにウィンクを返してきた。

ゲンは恥《は》ずかしそうに笑顔を返した。

レンガ造《づく》りの古い建物や近代的なビルが混在《こんざい》するロンドン市内を後にして、タクシーは目的地のロンドン郊外《こうがい》へとひた走った。

ロンドンは雨の日が多いことで有名だが、運のいいことにきょうはとてもいい天気だ。車の窓《まど》から見える景色は、緑、花、そしてなだらかな丘《おか》、遠くに見えるこんもりした濃《こ》い緑の森、歴史を感じさせる重厚《じゅうこう》な建物……。

これが任務《にんむ》とかでなく、ただの観光だったらどんなにすてきな景色に映《うつ》っただろう。

ロンドンへは任務以外で来た覚えがない。

今回の任務が無事終了《しゅうりょう》できたとしても、すぐまた日本にもどらなければならない。その後、イタリアに飛ぶ予定もある。休む暇《ひま》など本当にないのだ。

休めるといったら、こういう移動《いどう》時間くらい。心地いい車のゆれからか、ゲンは目を閉《と》じ、ついうとうととまどろんでしまった。

「お客さん、もうすぐですよ。あそこに見える森の向こうがお屋敷《やしき》です」

急に声をかけられ、ゲンはハッと目を開く。

「ありがとう」

そう言って、窓の外を見る。

そこにはさっきまで見ていた森が続いているだけだ。

もうすっかり夕暮《ゆうぐ》れ。

しかし、その夕暮れに包まれ、車窓《しゃそう》を流れていく深い森の木々を見ているうち、白い建物が見《み》え隠《かく》れしているのに気づいた。

夕焼けの光のなか、立派《りっぱ》な建物の尖塔《せんとう》も見える。

ここからではよくわからないが、そうとう大きな屋敷《やしき》であることはまちがいないだろう。

アルフレッド・ラルドル伯爵《はくしゃく》の屋敷はロンドンタクシーの運転手にも有名らしく、ほとんど説明することもなく連れてきてもらえた。

「伯爵のお屋敷はたいそう立派なものですよ。わたくしもここにお客様を何度もお連れしていますが、皆様《みなさま》立派な紳士淑女《しんししゅくじょ》ばかりで。お客様も今夜の舞踏会《ぶとうかい》にお呼《よ》ばれになられたんでしょう？」

運転手に聞かれ、ゲンはさわやかに笑みを返した。

「わたしは会社の代表として招《まね》かれただけですよ。皆さん、貴族《きぞく》の方々や各国の要人でいらっしゃると思いますが……」

謙遜《けんそん》してみせると、運転手は首を左右にふった。

「いやいや、なかなかの好男子。青年実業家に見えますから、ご安心ください」

「ははは、それは心強い言葉です。ありがとうございます」

運転手と軽く会話しながらだったが、彼《かれ》が予告してから、さらに二十分走って、ようやくアルフレッド・ラルドル伯爵《はくしゃく》の屋敷《やしき》に到着《とうちゃく》した。


屋敷の前の広々としたエントランスにはライトアップされた噴水《ふんすい》があり、美しい水しぶきをあげていた。噴水のまんなかには白い女神像《めがみぞう》が両手を広げて立っている。背中《せなか》には大きな羽が左右に広がっている。

噴水の周りを取り囲むように伸《の》びた白い道はきれいなカーブを描《えが》いて、屋敷の大きな玄関《げんかん》に続く。

噴水の左右にひとりずつ警備《けいび》員が立っているのが見えた。

今夜は大々的な舞踏《ぶとう》会が開かれることもあり、すでにたくさんの豪華《ごうか》な車が車寄せに並《なら》んでいた。

もちろん、ほとんどの車がお抱《かか》えの運転手つきだ。

自分で運転してきた人もなかにはいるだろうけれど、ゲンのようにロンドンタクシーで乗りつけてきた客など他にいない。

逆《ぎゃく》に目立ってしまったかなとゲンは内心少し後悔《こうかい》した。

PC《ピーシー》パッドで事前に確認はしていたが、ただ情報を見るのと、実際に見るのとは、大きくちがった。これほど豪華《ごうか》な舞踏《ぶとう》会だとは……。

しかし、そんな心配は必要がないほど、たくさんの客でごったがえしており、ゲンはそのなかにすんなり溶《と》けこむことができた。

舞踏会は午後七時から行われるが、現在《げんざい》小一時間ほど前。

玄関で受付をしている白髪《はくはつ》の執事《しつじ》に自分の名刺《めいし》を添《そ》えて招待状《しょうたいじょう》を渡《わた》した。

内容《ないよう》を確認《かくにん》した後、執事は縁《ふち》なしの眼鏡《めがね》をかけ直した。そして、小さな机《つくえ》に置かれたパソコンに接続《せつぞく》されたマウスを操作《そうさ》し、カチカチっと音をたて何度かクリックした。

今やこんなクラシックな屋敷《やしき》の舞踏会もパソコンで管理されているのか。

ゲンは感心しながら彼《かれ》の手元を見ていた。

執事《しつじ》はすぐに顔を上げ、満面の笑《え》みを浮《う》かべた。

「タロウ・ヤマザキ様でございますね。お手間を取らせて申《もう》し訳《わけ》ございませんでした。タロウ様、おひとりでよろしいんでしょうか？　どなたかお連れ様はいらっしゃいますか？」

こういう舞踏《ぶとう》会には男女のカップルで来るのが当たり前なんだろう。

「わたし、ひとりです」

ゲンが言うと、執事はにこやかにうなずいた。

「失礼いたしました。では、さっそくご案内いたしましょう。今宵《こよい》の舞踏会、心ゆくまでごゆっくりお楽しみくださいませ。あとで花火もありますよ」

彼《かれ》は黒いメイド服を着た小柄《こがら》な若《わか》い女性《じょせい》を呼《よ》んだ。

金髪《きんぱつ》をきゅっと後ろでお団子《だんご》頭にした彼女《かのじょ》は青い目でゲンを見上げた。

「お荷物、お持ちいたします」

「あ、いやぁ、いいですいいです。これくらい自分で持ちますから」

彼女《かのじょ》の倍ほどもある自分が小さな荷物を持ってもらうなど、考えただけでおかしな話だ。

しかし、メイドは華奢《きゃしゃ》な首をきゅっとかしげ、ゲンを見上げた。

「さようでございますか？　貴重品《きちょう》はお持ちになっていただきたいのですが、他の荷物はお預《あず》かりいたしますよ？」
まぁ、たしかにバッグをぶらさげたまま舞踏会《ぶとう》に出るというのも変だろう。
それに、必要なのはポケットにある例のPC《ピーシー》パッドだけだ。バッグには着替《きが》えや旅行グッズが入っているだけ。調べられてこまるようなものはひとつもない。
任務《にんむ》が終了《しゅうりょう》したと同時に脱出《だっしゅつ》するわけではなく、他の客《きゃく》と同じように帰るつもりだった。つまり、荷物をいつも手元に置いておく必要がないというわけである。ただぐずぐずしているつもりはない。用が終わればいち早く退散《たいさん》したい。

ゲンはそこまでのことを瞬時《しゅんじ》に考え、財布《さいふ》とPC《ピーシー》パッドがポケットにあるのを確認《かくにん》し、バッグを彼女《かのじょ》に手渡《てわた》した。

「お願いします。ただし、できればすぐおいとましたいので、わかるところに置いておいてほしいんです」

「はい、かしこまりました。わたくしにおっしゃってくだされば、いつでもすぐお出しします。では、こちらへどうぞ。舞踏《ぶとう》会前はこちらのサロンでおくつろぎください。続きの間になっているところはどちらへ行かれてもかまいません。お庭のほうに行かれてもいいですが、お迷《まよ》いにならないよう気をつけてくださいね」

メイドはかわいい笑顔で言った。

たしかに、これだけの大きな屋敷《やしき》では気をつけていないとたちまち迷子《まいご》になってしまいそうだ。もちろん、スパイの自分がそんなことになってはどうしようもない。

屋内でも屋外でも、自分の位置が正確《せいかく》にわかるマッピングシステムがPCパッドに入っているので、いざという時はそれで確認《かくにん》すればいいのだが。

とはいえ、PC《ピーシー》パッドの世話になるのは屈辱《くつじょく》的だ。

ゲンは注意しながら屋敷《やしき》内の探索《たんさく》を開始したが、それにしても広い‼

同じような作りの廊下《ろうか》にはたくさんのドアが並《なら》んでいるし、階段《かいだん》もあちこちにある。

あれほど注意しようと思っていたのに、あっという間に方向を見失ってしまった。外を見ても何の目印もない。

こまったな……。

ゲンは苦笑しながらポケットからPCパッドを取りだした。

指紋認証《しもんにんしょう》し、瞳孔《どうこう》認証も行う。さっとスライドし、画面が表示《ひょうじ》された。と同時に、後ろから急に声をかけられた！

「タロウ様、どうなさいましたか？」

何の気配もなかったので、ゲンは心臓《しんぞう》が飛び出るかと思うほどおどろいた。危《あぶ》なくPCパッドを取り落としそうになったほどだ。

常《つね》に心身を鍛《きた》えている彼《かれ》をこれほどおどろかせた相手は、さっきの小柄《こがら》なかわいらしいメイドだった。

「あ、あぁ……びっくりした。い、いやぁ、ちょっともの珍《めずら》しくって、いろいろ見て回ってるうちに迷子《まいご》になってしまったようです。注意されたばかりなのにめんぼくないです」

顔を赤くして答えていると、メイドがスッと近寄《ちかよ》りゲンの手首を握《にぎ》った。

3

「え⁉」

ほっそりした冷たい指に握られ、再《ふたた》び心臓《しんぞう》がドキドキと激《はげ》しく打ちはじめる。

すると、そのメイドは意味ありげにゲンを見上げ、そっと低い声で言った。

「わたしの名前はムー……それでわかるな？」

「あっ‼　き、君が⁉」

そう、あのボサボサの長い髪《かみ》のエージェント。先に潜入《せんにゅう》して、いろいろ調べているという話だったが、あの写真とまるっきりちがう。

写真では髪《かみ》も目も黒かった。

そうか、変装《へんそう》しているというわけか。それにしても見事だ‼　まったくわからない。

潜入捜査《せんにゅうそうさ》のため、メイドとして雇《やと》われていたとは。

たしかにメイドならいろいろな部屋に自由に出入りできるだろうし、主人や使用人たちの言動も自然と見張《みは》ることができるだろう。

「それで？　何かわかったのか？」

ゲンが聞くと、彼女《かのじょ》は小さくうなずいた。

「ひとつは今、君のPC《ピーシー》パッドに送信しておいた。この屋敷《やしき》のマップはダウンロード済《ず》みだと思うが、問題の機密《きみつ》書類が置かれている部屋に印がつけてあるマップを送った。あとで見ておいてくれ」

まるで男のようなサバサバした話し方に変わったのにもおどろいた。

「わかった。ひとつは……と言うと？」

聞き返すと、彼女は顔をしかめた。

「それが……もうひとり、セージ・シャバコという仲間が別ルートからここに潜入していたのだが、きのうから消息不明になっている。これが彼《かれ》だ」

ムーは自分のＰＣ《ピーシー》パッドをエプロンのポケットから取りだして見せた。

画面に映しだされたのは、茶色がかったサラサラヘアーの美青年。銀縁の細い眼鏡《めがね》をかけた賢そうな顔。いかにも優秀なエージェントという感じだった。

「その話は初耳だ。そうか、だからオレが急きょ派遣《はけん》されたのか……」

「最後に『羽のもと水の十字架《じゅうじか》』という謎《なぞ》の言葉をＰＣパッドに送ってきたんだ。しかし、いったいそれが何を示しているのかが未だわからない」

「『羽のもと水の十字架』……⁇」

いきなりそんなことを言われても何がなんだかわからない。

こまって首をかしげている彼《かれ》に、ムーは早口で言った。

「それはぎりぎりまで調べることにする。それより、ひとつ目のほうだが、印をつけた部屋に侵入《しんにゅう》しなければならないんだ。いっしょに行ってほしい」

「もちろんだ。それで？　その部屋のセキュリティはどうなってるんだ。いつ侵入するんだ？」

矢継《やつ》ぎ早《ばや》に質問《しつもん》をすると、ムーは小声で答えた。

「セキュリティシステムの解除《かいじょ》は事前にすべて手を打っておいた。ただし、限《かぎ》られた時間だけしか解除できない。その時間を過《す》ぎるとすべてが作動してしまう」

「その時間っていうのは？」

「今夜、二十一時、花火が中庭のプールサイドで打ち上げられている十分間だけだ」

「十分間!!　短いな」

「そう。その間だけは警備《けいび》も手薄《てうす》になるし、プールサイドに注意が集まるからね。部屋も特定したたし、機密《きみつ》文書の置かれているありかもわかっている。あとは時間内に盗《ぬす》みだすだけだ」

「そ、そうか……」

消息不明になったというセージと彼女《かのじょ》で、それだけのことをやってのけたのか。

彼女の口ぶりからすると、この家のセキュリティシステムに侵入《しんにゅう》し、一定時間だけそのシステムを停止するプログラムを組んだということだろう。

たいしたもんだ。

パソコン知識《ちしき》がそれほどでもないゲンには絶対《ぜったい》にできない芸当だ。

オレなんかで、そのセージの代役を務《つと》められるんだろうか？

ついついネガティブな考えが浮《う》かんでくるのをふりはらった。いやいや、オレにしかできないことだってきっとあるはずだ。それに、諜報《ちょうほう》活動はひとりではむずかしい。何か突発《とっぱつ》的なことが起こった時に、ふたり以上なら対処《たいしょ》できることが多いからだ。

ゲンは気を取り直した。

「では、その部屋の位置を確認《かくにん》しておいたほうがいいかな？」

そう聞くと、ムーは首を横に振《ふ》った。

「いや、万が一ということもあるから、二十一時までは近づかないでおいたほうがいい。マップで確認しておいてくれ」

「了解《りょうかい》。で？　どうするんだ。ふたりで行くのか？」

「そうだな。実はその部屋、この廊下をまっすぐ進み、別の棟《とう》に入った二階にあるんだ。じゃあ、二十時五十分にここで待ち合わせよう」

「わかった。じゃあ、それまでに例の言葉が何を示《しめ》しているのかを解《と》かなければいけないな。しかし、あまりにもばくぜんとしてるからな。何かヒントとなるようなものはないのか？」

「………」

ゲンとしては、これだけの情報《じょうほう》ではどう考えていいかもわからない。

もっともなことを言っただけなのだが、ムーは急に悲しそうな、切なそうな顔になった。大きな瞳《ひとみ》がみるみるうるんでいく。泣きそうじゃないか⁉

というか、泣いてしまった⁉

それを見て、ゲンはドキンとなった。言いすぎたか……。

今までたったひとりですべてのことをしてきたというのに、きょうやってきたばかりの人間にズバズバ言われてはたまらないだろう。

「あ、ご、ごめん。い、いやぁ……あ、あの」

しどろもどろになっていると、彼女《かのじょ》は目をこすった。

「すまない。目に何か入ったようだ」

「え？」

おどろいているゲンの前で、ムーは目をもう一度こすった。

「うん、もうだいじょうぶだ。それで？あぁ、あの言葉の手がかりか」

がくがくがくっ！

ゲンはその場に膝《ひざ》をつきそうになってしまった。

ムーはそんなことなどまったくかまわず、片目《かため》だけ赤くしたまま説明を始めた。

「たいしたことはわかっていない。ただこの屋敷《やしき》に関係しているだろうとは思う。セージはこの屋敷のどこかを調べていて、見つかってしまったんだろう。その場所を示《しめ》していて、もしかしたらそこに彼《かれ》は監禁《かんきん》されているのかもしれない。とはいえ、ゲン、君がここに呼《よ》ばれた理由はセージを救出することではなく、あくまでもアルフレッド・ラルドルル伯爵《はくしゃく》が闇取引《やみとりひき》で使うとされている機密《きみつ》文書を手に入れ、本部へ届けることだ。しかし、もし可能《かのう》なら今晩《こんばん》中にセージも救出したい」

ムーは決意に満ちた目でゲンをまっすぐ見つめた。

ゲンがしっかりうなずいたとたん、彼女《かのじょ》は急に表情《ひょうじょう》を和《やわ》らげた。

「タロウ様、こちらです。ご案内申し上げます」

そう、さっきまでの女スパイとしてのムーはどこかに消え去り、また元のかわいらしいメイドとして、ゲンを案内しはじめたのである。

★任務《にんむ》は成功するのか?

1

それから豪華《ごうか》な舞踏《ぶとう》会が始まった。

各国の大使や大使夫人、政財界《せいざいかい》の大物たち、ヨーロッパの貴族《きぞく》などなど。雑誌《ざっし》やテレビで見たこともあるような有名人も多かった。

女性《じょせい》たちは皆《みな》、思い思いに着飾《きかざ》っていて、その首元や耳元、髪《かみ》などを飾る宝石《ほうせき》だけでもいったいどれほどの価値《かち》があるのか想像《そうぞう》つかない。

メインになる大きな広間は恐《おそ》ろしく天井《てんじょう》が高く、豪華なシャンデリアがいくつも吊《つ》り下がっていて、光を受け、まばゆいばかりに輝《かがや》いている。

その一角で小編成《しょうへんせい》のオーケストラがクラシック音楽を演奏《えんそう》していた。

ゲンはこれまでも大規模《だいきぼ》な舞踏会を何度も経験《けいけん》しているから、それほどおどろかないだろうと思っていたが、さすがにこれほど豪華《ごうか》できらびやかな舞踏会《ぶとうかい》に出席したことはない。

ディナーも最高級のごちそうばかり。

姿勢《しせい》のいいすらりと背《せ》の高い黒服のウェイターたちが片手《かたて》に銀色の盆《ぼん》を持ち、すいすいと人混《ひとご》みを縫《ぬ》うようにして歩き回っている。

盆の上には華奢《きゃしゃ》なグラスに入れられたシャンパンや一口で食べられるような料理が載《の》せられていた。

黒い宝石《ほうせき》と呼《よ》ばれるキャビアがふんだんに使われたオードブルに目を奪《うば》われる。

飲み物も世界有数のシャンパンやワインが配られ、彼《かれ》らが横を通りすぎるだけでいい香《かお》りがした。

これほどの豪華な舞踏会のなかにいて、気分が踊《おど》らないといったらウソになるが……それどころではない。

本当なら飲んだり食べたりして大いに楽しみたいところだが、これから大事な任務《にんむ》が待っているのだ。

首をぷるぷるっと左右にふった。

「どちらからいらっしゃったんですの？」

ふいに声をかけられ、おどろいてふりむくと、そこには黒髪《くろかみ》の美しい女性《じょせい》が立っていた。

髪は日本人のように黒いが、透《す》きとおるような青い目だ。

「あ、あぁ、アメリカから来ました。日本とアメリカの合弁の商社の社員ですよ。きょうは社の代表として来ることができて、本当に光栄に思ってます」

あたりさわりがないという点では百点満点の答えを言うことができたと思ったが、そのかわり彼女《かのじょ》は急に興味《きょうみ》を失ったようだ。

（あら、そう。なんてつまらないのかしら）

声に出しているわけではないが、あきらかにそういう顔をして他の男性《だんせい》客のほうに笑顔をふりまきはじめた。

今は変に気に入られるほうがこまるから、これでよかった。

ゲンは苦笑し、あたりを見回した。

広間のずっとずっと奥《おく》のほうで客の世話をしているムーが見えた。

小柄《こがら》だから人の波のなか、すぐ見失ってしまいそうだった。

にぎやかな音楽と人々の笑い声、ざわめき、衣擦《きぬず》れの音……。さまざまな音や匂《にお》いで頭がクラクラしてくる。

『羽のもと水の十字架《じゅうじか》』

この言葉の意味するところが何かを解《と》かなければならないわけだし……。

新鮮《しんせん》な空気を吸《す》うため、バルコニーのほうに出てみた。

こんもりした森を前に、白い手すりが並《なら》ぶバルコニーも広々としていて、大きな円形テーブルや椅子《いす》も置かれてあった。

昼間、ここで優雅《ゆうが》にお茶を飲んだりするんだろうな。

きっとこの森からは鳥たちのさえずる声が聞こえてくるだろうし、高い空はまっ青《さお》に晴れわたっているんだろう。

今は暗く、星がまたたいて見える。

だれもいないだろうと思って安心して例の言葉について調べはじめた。

「羽と水」と検索《けんさく》してみても「水の十字架《じゅうじか》」と検索しても、ピンとくるようなワードはヒットしない。実際《じっさい》、雲をつかむような話だ。

きっとそうじゃなく、暗号なんだろう。

「WING（羽）WATER（水）CROSS（十字架）」

PC《ピーシー》パッドに書いてみる。これらの単語を使い、何か別の言葉に置きかえることはできないだろうか。

あるいは何かの文章に。

ひとりで頭をひねっていると、そこに背《せ》の高い紳士《しんし》がふらっと現《あらわ》れた。

解読《かいどく》に夢中《むちゅう》になっていたせいか、紳士の存在《そんざい》に気づくのが遅《おそ》すぎた。

ハッと気づいた時、彼《かれ》がPCパッドのほうをのぞきこんでいるではないか‼

ぎょっとしてあわててPCパッドの文字を消す。

怪訝《けげん》そうにしている紳士。

「あっ！　い、いや、すみません。ちょっとおどろいたもので……」

ゲンが立ち上がりあやまると、紳士は手を左右にふった。

「いや、あやまるのは私《わたし》のほうだ。どうやらおどろかしたようだからな。見かけない顔だが、どちらの？」

「すみません……エプサルン商社の者で、タロウ・ヤマザキといいます」

姿勢《しせい》を正し、きちんと挨拶《あいさつ》すると、紳士《しんし》は柔和《にゅうわ》な笑顔を見せ、握手《あくしゅ》を求めてきた。

暗くてよく見えなかったが、目が慣《な》れてきてようやくわかった。

彼《かれ》こそ、この屋敷《やしき》の主《あるじ》、アルフレッド・ラルドル伯爵《はくしゃく》ではないか！

そして、今回の任務《にんむ》のターゲットである機密《きみつ》文書の持ち主でもある。

急に緊張《きんちょう》が走り、ゲンは心臓《しんぞう》が早鐘《はやがね》のようにうに打ちはじめるのを自覚した。もちろん、顔にも態度《たいど》にも声にも表さないだけの訓練は受けてきている。

「もしや、アルフレッド・ラルドル伯爵《はくしゃく》ですか？　光栄です‼」

がっちりと握手《あくしゅ》。

商社から派遣《はけん》されてきた青年が緊張《きんちょう》しているという役どころをうまく演じてみせた。

「まぁ、ゆっくり楽しんでくれたまえよ。では、わたしは失礼する。レディたちがお待ちかねなんでね」

彼《かれ》は笑ってそう言うと、何の疑《うたが》いも持たず立ち去っていった。

さっきPC《ピーシー》パッドをのぞかれたような気がしたが、保護シートのおかげで伯爵の場所からでは画面の内容《ないよう》は見えない。

ゲンはその後《うし》ろ姿《すがた》を見送り、ホッと胸《むね》をなでおろした。

2

機密《きみつ》文書が置かれているという部屋は、舞踏《ぶとう》会の行われている広間からは少し離《はな》れている。
ムーとセージの働きにより、花火の開催《かいさい》されている十分間だけはセキュリティ機能が
ストップできるという。
だが、セキュリティ機能《きのう》が作動してしまえば、作戦は失敗ということになるだろう。

十九時五十分……。

セキュリティが解除《かいじょ》される二十一時まで、約一時間。

たったそれだけの時間でセージを救出することなどできるのだろうか。

そのためにも『羽のもと水の十字架《じゅうじか》』という謎《なぞ》の言葉の意味を解《と》かなければならない。

もう一度PC《ピーシー》パッドを開き、謎に挑戦《ちょうせん》しようとした時、見たことのある女性《じょせい》が近寄《ちかよ》ってきた。

「あら、さっきの人ね。なぜこんなところでひとりでいるの？　よかったら踊《おど》りましょうよ」

美しい黒髪《くろかみ》で青い瞳《ひとみ》。さっき声をかけてきた女性だった。

こまった……。しかし、むげに断《ことわ》るわけにもいかない。

一曲だけ踊《おど》ればいいか。

ゲンはあきらめ、微笑《びしょう》を浮《う》かべた。

「こんな豪華《ごうか》なところは慣《な》れていませんから、少し外の空気を吸《す》っていました」

「あら、そうなの。そんなさびしいこと言ってちゃだめよ。さぁ、一曲つきあって。ダンスくらいできるんでしょ?」

彼女《かのじょ》はゲンの腕《うで》を取り、意外なほど強い力で広間のほうに引《ひ》っ張《ぱ》っていった。

むせかえるような甘《あま》ったるい匂《にお》いにくしゃみが出そうになる。

諜報《ちょうほう》員の心得のひとつとして、社交ダンスくらいは一通り踊れるが……得意なほうではない。

ゲンは顔を赤くしながら、なんとか彼女のステップについていった。

そんな彼《かれ》を見上げて、彼女はクスクス笑っている。

「あなた、そんなに赤い顔しちゃって。表の噴水《ふんすい》ででも顔冷やしてくればいいんじゃないの?」

「噴水《ふんすい》？」

「そうよ。あの噴水、この建物のなかでももっとも貴重《きちょう》な文化遺産《いさん》なんだって聞いたことがあるわ。ほら、あの羽を広げた女神像《めがみぞう》。あれを作ったのが有名な彫刻家《ちょうこくか》だったそうで、あんなふうに外に出しっぱなしにしているのは物騒《ぶっそう》だからって、最近模造品《もぞうひん》と交換《こうかん》したっていう話。本物はいったいどこにあるんでしょうねぇ」

彼女《かのじょ》の口紅《くちべに》で赤く縁取《ふちど》られたよく動く唇《くちびる》をぼんやり見ながら、ゲンはドキドキしはじめた。

そうか！

羽と水……十字架《じゅうじか》……‼

伯爵《はくしゃく》家の屋敷《やしき》の玄関《げんかん》、車寄《くるまよ》せの白い道に続く手前に、白い女神像が中央に立った見事な噴水があったのを思い出したのだ。

大きく羽を広げた女神像……そして、水しぶき……。

あそこか⁉

しかも、最近、模造品とすり替《か》えたということは……実はそれは見せかけで、なんらかの仕掛《しか》けをしたんじゃないのか？

「あら、どうしたの？」

急に立ちつくしたままになったゲンを黒髪《くろかみ》の美女は不思議そうに見ている。

「ちょっと急用を思い出しました。すみません！　失礼します‼」

ゲンはそう言うと、足早に彼女《かのじょ》のもとを離《はな》れた。

「わたしとダンスする以上に急用なことってある⁇」

彼女の声が背中《せなか》に飛んでくるのが聞こえた。同時に、人々の笑い声も。

その声を聞きつけ、ムーもついてきたことをゲンは知らなかった。


玄関《げんかん》を出ようとしたら、警備《けいび》員たちがいるのに気づいた。

ひとりずつ、噴水《ふんすい》の左右に配置されている。

ライトアップされた白い女神像《めがみぞう》。後ろの羽部分がこっちから見えた。

ん……？

ちょうど羽の中央部分、注意して見てみると、左右から流れこんだ水が合流する部分があった。水と水が合流し、クロスしている。十字架《じゅうじか》のように！

『羽のもと水の十字架』

あそこのことなんじゃないか⁇

あそこに何か秘密《ひみつ》が隠《かく》されているとか。

しかし、噴水《ふんすい》の水が止まらないことには調べようがない。しかも、あの警備《けいび》員ふたりをなんとかしなければ……。

と、その時、屋敷《やしき》から人々の騒《さわ》ぐ声が聞こえてきた。

「きゃぁあっぁ！！　だ、だれか――‼　だれか来てください‼」

と、近くで悲鳴のような声も！

「なんだ？」

「わからん。行ってみよう」

警備員ふたりがあわてて屋敷のほうへ走ってくる。

何がなんだかわからないが、今しかチャンスがないのでは⁉

ただ水を止めなくてはいけない。

いったいどこで止めればいいかもわからず、噴水《ふんすい》の女神像の後ろへ急行した。

どうしようもなかったらぬれるのを覚悟《かくご》で飛びこむしかない！

服をぬいで入って、その後また乾《かわ》いた服を着ればなんとかなるのではないか？

幸《さいわ》い坊主《ぼうず》頭に近い短髪《たんぱつ》だから、すぐ乾くだろうし。

女神像の羽の中央、水が左右から合流する部分を見上げた。

手を伸《の》ばしてみるが、届《とど》きそうにない。

噴水の台座《だいざ》に上がったらなんとかなりそうだ。

それには……やはりぬれるのは覚悟しなければ。少々のことなら裸《はだか》にならなくてもいいか？　それともタキシードスーツだけはぬいだほうがいいか。

ゲンが考えていると、なんということだ。

盛大《せいだい》に噴《ふ》きだしていた噴水の水が止まったではないか‼

「え⁇」

おどろいて周囲を見る。

すると、玄関に小柄《こがら》なメイドがいるのが見えた。

ムーだ‼

彼女《かのじょ》は噴水《ふんすい》を指さした。

同時にゲンが持っていたＰＣ《ピーシー》パッドから声がした。

「ゲン、水は止めた！　警備員《けいび》たちもしばらくは引きつけておく。早くそこを調べてくれ！」

そ、そうか。さっきの悲鳴は彼女か。ゲンがこっちに来たのがわかって、あの言葉の謎《なぞ》も同時に解《と》いたというわけか。

メイドである彼女が噴水の水を止める方法を知っているというのも当然といえば当然のことだ。

「わ、わかった！」

ゲンはあせる気持ちを落ち着かせ、台座に上がって、問題の箇所《かしょ》を調べてみた。

女神像《めがみぞう》の背中《せなか》。二枚《まい》の羽のちょうど中央部分。そこに小さなボタンのような突起《とっき》があるのがわかった。

これは……。

試しに押《お》してみる。

ゆっくりと突起《とっき》が押しこまれ、その後、左右に開いていった。

つまり女神像《めがみぞう》の背中にぽっかりと小さな穴《あな》が空いたのである。

んん？　なんだ。どうなってる。

その穴のなかにスイッチのようなものがあるのがわかった。

押していいものかどうか……。しかし、押さなければどうしようもない。

ムーのほうをふりむくと、PC《ピーシー》パッドから彼女《かのじょ》の声が聞こえてきた。

「何があるんだ？　どうなってる？」

「奥《おく》にスイッチがあった」

「そうか。じゃあ、押《お》してみてくれ」

「いいのか⁇」

「それしか方法はない！」

そうだな。これがセージが最後に残した言葉なら押してみるしかない。

「ゲン、急げ！　警備《けいび》員たちがもどってくる。それまでにまた水を出さなければならないから‼」

ムーに言われ、ゲンは覚悟《かくご》を決めた。


カチッ‼


小さな音がした。

と、同時に噴水《ふんすい》の台座《だいざ》の一部に、人がひとり通れるほどの穴《あな》がぽっかり空いたではないか‼

これか‼

ゲンは台座《だいざ》からひらりと地面に飛びおりた。

「オレが調べてくる！　なんとか騒《さわ》ぎを引きのばしててくれないか？」

「わかった！　じゃあ、あと五分で水は出す。いいな」

「了解《りょうかい》した」

穴《あな》をくぐると、なかはまっ暗《くら》だった。

PC《ピーシー》パッドのライトをつけ、あたりを照らしだす。すると、奥《おく》のほうで人のうめき声が聞こえた。

「そこにだれかいるのか？」

光をあてる。

なんと！　そこにはサラっとした茶髪の男がうずくまっていた。ロープでしばられ、転がされている。

「セージか⁉」

ゲンが聞くと、男はうんうんと必死にうなずいた。

あの写真では眼鏡《めがね》をしていたが、今はつけていない。もしかしたら、捕まえられた時に落としたのかも……。

それに、猿《さる》ぐつわもされているので話ができないのだ。

ゲンは急いで猿ぐつわとロープを解《と》いた。

「だいじょうぶか？」

「ああ、ムーは無事か？」

「もちろんだ。彼女《かのじょ》なら外にいて、時間かせぎをしてくれている。時間がないから、急いで脱出《だっしゅつ》しよう！　歩けるか？」

「だいじょうぶだ！」

とはいえ、長時間不自由な状態《じょうたい》でいたせいで、足がおぼつかない。

セージに肩《かた》をかし、ゲンはできるだけ速《すみ》やかに外へ出た。

「ゲン！　スイッチをもう一度押《お》して！」

ムーの声がPC《ピーシー》パッドから聞こえた。

そうだ。元通りにしておかなければ！

ゲンはセージが横の茂《しげ》みに隠《かく》れるのを確認し、再《ふたた》び噴水《ふんすい》の台座《だいざ》に飛びのった。そして、女神像《めがみぞう》の背中《せなか》に空いた穴《あな》に手を入れ、スイッチを押《お》した。

すると、台座に空いた穴が閉《と》じた後、スイッチのある小さな穴も閉じたのである。

「水を出すから離《はな》れて！」

再びPC《ピーシー》パッドから指示《しじ》が来た。

急いで飛びおり、セージのいる茂《しげ》みに走りこむ。それと同時に噴水《ふんすい》の水が盛大《せいだい》に出た。

噴水の水が元通り、美しいアーチを描《えが》いて水しぶきをあげはじめた時、警備《けいび》員たちが首を振りながらもどってきた。

「なんだ、結局、客のひとりがぼや騒《さわ》ぎを起こしたってだけか」

「そうらしいな。ろうそくの火がドレスに燃《も》えうつったとかで。まぁ、何もなくてよかったよかった」

「ちぇ、びっくりさせやがって」

「まぁ、怒《おこ》るなって。それよりもうすぐ花火だな」

「あぁ、そうだな。ここからでも見えるのかねぇ」

「見える見える。何しろ、そうとう大規模《だいきぼ》な花火だってぇ話だぜ」

「ったく、金持ちの考えることはよくわからん」

彼《かれ》らはのんきにそんなことを言いながらまた噴水《ふんすい》の横に立った。

それを確認《かくにん》して、ゲンはセージとその場所から離《はな》れた。

PC《ピーシー》パッドからムーの声が聞こえた。

「セージ、あなたはしばらく隠《かく》れていてくれ。ゲン、あなたは普通《ふつう》の客としてふるまっていてほしい。二十時五十分になったら例のところへ」

「わかった」

ゲンが答えると、横からセージが言った。

「ムー、心配かけたな。だいじょうぶだから、オレもゲンといっしょに向かうよ」

「いや、せっかくだがあの部屋に三人は多すぎる。あなたはどこかに隠れててくれ。あとで指示《しじ》するから」

彼女《かのじょ》の冷静な声が響《ひび》くと、PC《ピーシー》パッドからの音声はぷつっとそれっきり途切《とぎ》れた。

セージは苦笑し、大げさに肩《かた》をすくめてみせた。

「そうだ。セキュリティシステムを解除《かいじょ》するようプログラムしたのはどっちなんですか？　セージ？　ムー？」

ゲンが聞くと、彼《かれ》は片方《かたほう》の眉《まゆ》を上げた。

「そりゃあ、あの天才美少女に決まってるだろ。オレたちはお手上げさ、あのレディに」

3

二十時五十分……。

人々が皆《みな》花火を見るため、中庭のプールサイドに移動《いどう》しはじめた頃《ころ》、ゲンはその人混《ひとご》みにまぎれ、さっきムーと待ち合わせた場所へ向かった。

ここまで来ると人々のにぎやかな声も届《とど》かない。静まりかえった場所で待っていると、まったく気配をさせず、時間ぴったりにムーが現《あらわ》れた。

目だけで合図すると、まっすぐ歩きはじめる。

ゲンも彼女《かのじょ》につかず離《はな》れず歩きはじめた。

場所は確認済《かくにんず》み。この廊下をまっすぐ行き、突《つ》き当《あ》たったところにある別棟の二階の一室、そこが問題の場所だ。

別棟の扉《とびら》の前まで来てムーが立ち止まった。

「ここも警報《けいほう》が鳴るようになってる。花火が始まるのを待とう。二十一時きっかりにセキュリティを解除《かいじょ》するようプログラムを組んである」

「そうか……」

だんだんと緊張《きんちょう》が増《ま》してくる。

小柄《こがら》なムーの隣でじっとその時を待った。

こんな時、どうして時間というのはたつのが遅《おそ》いのだろう。ジリジリしてくる。

やがて、二十一時ちょうど。

ムーが扉《とびら》のノブに手を伸《の》ばしたと同時に、ヒュゥっと音がして、花火の音が地響《じひび》きをたてた。空がパッと明るく燃《も》え上《あ》がり、続いてまた大きな音が響きわたる。人々の歓声《かんせい》も風に乗って途《と》切《ぎ》れ途切れに聞こえてきた。

別棟のなかは暗かったが、ムーのPC《ピーシー》パッドが行く手を照らした。ゲンのとはちがい、足下だけをピンポイントで正確《せいかく》に照らしだす。そのおかげで窓《まど》の外から見とがめられることはない。どうやら調整することによって、照らしだす範囲《はんい》も変えられるようだ。

といっても、今は花火の音と光がすごくて、だれもこっちの建物を見たりはしないだろう。

ムーは階段《かいだん》に進み、音もたてずに昇《のぼ》っていく。ゲンもその後についていった。

二階はまっすぐ続く廊下があり、左右に扉《とびら》が並《なら》んでいるのがわかった。

問題の部屋は一番奥《おく》である。

「扉のロックもセキュリティも全部はずしてあるが、あと九分しかない」

ムーは淡々《たんたん》とした口調で言うが、ゲンはさらにドキドキしはじめた。額《ひたい》に汗《あせ》がにじむ。

部屋に入ると、そこは重厚《じゅうこう》な家具が置かれた書斎《しょさい》だった。壁《かべ》には四角い図形と数字が組み合わさった大きな絵がかかっている。

「この机《つくえ》に切れ目があるのはわかってるんだが、人が来てしまってそれ以上は調べられなかった」

あらかじめ調べておいたんだろう。ムーは中央に置かれた机を指さした。

たしかに、机に切れ目がある。どこかにスイッチのようなものはないだろうか……？

ゲンは机のあらゆる部分を素早《すばや》く調べて回った。

「これか？」

一見しただけではわからないが、小さな突起《とっき》があった。指先で押《お》してみると、机が音もなくスーッとふたつに分かれたではないか!!

分かれた机の隠《かく》された側面に、数字の書かれたキーパネルが現《あらわ》れた。

入力しなければならないのは四つ。

「パスワードか！」

ゲンが言うと、ムーは顔をしかめた。

「まずいな。パスワードを解析《かいせき》している時間がない。四桁《けた》の数字は0000から9999までの一万通りだからな」

「うーむぅ、何か手がかりはないいんだろうか?」

ふたりはもう一度室内を調べはじめたが、それにしても時間がなさすぎる。

「だめだ。ムー、出直そう。時間がない!」

なんと! 残り時間、五分を切ってしまった。

中庭からは大きな花火の音が聞こえてきているが、猶予《ゆうよ》はない!

「いや、チャンスはきょうしかない。ぎりぎりまでねばろう」

ムーはそう言うと数字のキーに照明をあて、調べはじめた。

四桁の数字か……うーん、なんだろう。

数字数字……と目を走らせているうち、ゲンはふと壁《かべ》にかかっている大きな絵に目が止まった。

四角い図形と数字が組み合わさった絵である。

1-2-3-5-8-
-1-4-5- -4-3-
-0-7-7-4-
5-6-1-7-8

『1-2-3-5-8-■-1-4-5-■-4-3-■-0-7-7-4-■-5-6-1-7-8』


「これ、関係ないかな?」

と、ゲンが絵を指さした時、ムーの顔つきが変わった。

「ゲン、それだ!!」

「え? ほ、ほんとに?」

たしかに、この数字と図形の配置は意味ありげだ（上の図を参照）。

「この■部分がわかればいいのか!?」

「試してみる価値《かち》はあるだろう。……うん! よし、わかった。『３９７１』だ!」

「え、ええぇえー!?」

ゲンはあまりにおどろきすぎて、目を丸くしたまま固まってしまった。

いくらなんでも、わかるのが早すぎる。

あまりにおどろきすぎて、何も言えないでいるゲンの横。ムーはクールな表情《ひょうじょう》のまま『３９７１』と数字パネルに入力していった。

するとどうだろう!?

見事、側面の板がスライドしていったではないか！

「これだ。ゲン、これを持って大至急《しきゅう》本部にもどってくれ」

ポンと手渡《てわた》されたのは指先でやっとつまめるほど小さなマイクロチップだった。

「ゲン、頼《たの》んだ」

ムーに言われ、ゲンはＰＣ《ピーシー》パッドのふたを開き、なかに納《おさ》めた。

ドォオオォ――――ン‼　バラバラ……ドドドド――‼

机を元にもどし、部屋から出ると、明るい花火がこれでもかというくらい打ち上げられている光と音にあふれていた。

どうやらフィナーレらしい。

「急げ！」

「わ、わかった‼」

時計を見ればあと一分もない‼

ふたりは駆《か》け足《あし》で別棟から飛び出た。

扉《とびら》を閉《し》めたと同時に、その扉がカチリとロックされた音がした。さらに、セキュリティ用のカメラが作動しはじめた。

どっと汗《あせ》が噴《ふ》きだす。

ふたりはただのお客とメイドにもどり、花火の興奮《こうふん》さめやらぬ人々のなかに自然にとけこむことに成功したのである。

危機《きき》一髪《いっぱつ》ではあったが、なんとか成功。ゲンは人々の楽しそうな声を聞きながら、星空を見上げた。

あとはこのPC《ピーシー》パッドに納《おさ》めたマイクロチップを本部に届《とど》けるだけだ。

ふと見れば、すっかりメイドの表情《ひょうじょう》にもどったムーが銀色のトレイを持って、人々の間を縫《ぬ》って歩いている。

それにしても、いったいどうやってあのパスワードが瞬時《しゅんじ》に解《と》けたんだろう?

ゲンには未だに理解《りかい》できない。

ようやく舞踏会《ぶとうかい》もお開きとなり、人々がそれぞれのペースで帰《かえ》り支度《じたく》を始めた。

ゲンは目立たないように動き、ムーからバッグを受け取った。

彼女《かのじょ》はメイドの顔のまま言った。

「表に黒い車が待っている。ナンバープレートに青い星のシールがついてるからすぐわかるはずだ」

「君は？」

「あとから行く。早く！」

「わ、わかった」

最初から最後まで彼女《かのじょ》のペースである。

外に出ると、夜風がひんやりと吹《ふ》きぬけていった。

たくさんの客でごった返すなか、黒い車が待っているのがわかった。ナンバープレートに青い星が光っているからまちがいようがない。

黒縁《くろぶち》の眼鏡《めがね》をかけた運転手が見えた。あらかじめ、運転手と車を用意していたんだろう。

ゲンが乗りこむと同時に小柄《こがら》なムーが反対側のドアから乗りこんできた。

メイド服ではなく黒いジーンズに黒いフードのついたパーカー姿《すがた》だ。

「出してくれ」

ムーが言うと、運転手は即座《そくざ》に発進し、みるみるスピードを上げはじめた。

ゲンはびっくりして彼女《かのじょ》の腕《うで》をつかんだ。

「あ、あれ？　ちょっと待ってくれ。セージはどうするんだ？　彼《かれ》、まだ屋敷《やしき》にいるんだろう？」

するとバックミラーのなかで運転手がにこっと笑いかけた。

「ゲン、オレはここにいるよ？」

「わ、わわっ‼」

黒縁《くろぶち》の眼鏡《めがね》をかけていたからわからなかったが、たしかにセージだ‼

なんだなんだ。

それならそうと言ってくれればいいのに。

「あそこに監禁《かんきん》されていたんですか」

ゲンが聞くと、セージは前を向いたまま答えた。

「あの噴水《ふんすい》のしかけに気がついて、何かあるのかと思って、ムーに相談もなく調べてたら、捕《つか》まってしまったんだ。舞踏会《ぶとうかい》が終わったら拷問《ごうもん》すると言ってたから、本当に助かったよ。勝手な行動はしないほうがいいな。ムー、すまなかった」

しかし、ムーはバックシートに体をうずめ、すっかり眠《ねむ》りこんでしまっていた。

そのかわいらしい寝顔《ねがお》を見て、ゲンはふぅぅ……とため息をつくしかないのだった。

おわり

【P.176のパスワード解読のヒント】

『1-2-3-5-8-■-1-4-5-■-4-3-■-0-7-7-4-■-5-6-1-7-8』

手前の数字ふたつを足すと……？

＊解説はP.189を見てね！

あとがき

こんにちは！

みなさん、お元気でしたか？

わたしは珍《めずら》しくインフルエンザにかかってしまいました。

「珍しく」と書きましたが……そうなんです。過去《かこ》、かかった覚えがまったくないんですよね。

娘《むすめ》は何度もかかって高熱を出しましたし、そのつど看病《かんびょう》しましたが。その時もうつされた経験《けいけん》はありません。

みなさんはいかがですか？　インフルエンザ……苦しいですね。

身をもって、その苦しさを少しだけですが体験できました。

「少しだけ」と書いたのはですね。実はわたし、今回高熱が出なかったんです。高熱どころか微熱《びねつ》さえなかったです。平熱のままでした。

ただ猛烈《もうれつ》に喉《のど》が痛《いた》くなって体もだるくなったので、最初、これは風邪《かぜ》をひいてしまったなと思っただけでした。

実際《じっさい》、わたしは風邪《かぜ》さえもあんまり引かないんですよね。二、三年に一度あるかないかという感じです。

市販《しはん》の風邪薬で治るだろうなんて思ってたら、なかなか治りません。念のため、病院に行ったのですが、先生から「どうも疑《うたが》わしいので検査《けんさ》しましょう」と言われました。

あの鼻の穴《あな》に入れて検査する……あれです！　痛《いた》いし、嫌《いや》ですよね、あれ。

結果はＢ型！　間違《まちが》いなし‼

太鼓判《たいこばん》を押《お》されてしまいました。トホホです。

でも、早めにわかってよかったです。インフルエンザでは、市販の風邪薬をいくら飲んでも治りませんものね。

知らずに人にうつしてしまうところでした。

インフルエンザといえば急な高熱！　と、思いこんでいましたが、Ｂ型では高熱が出ないケースもあるんだそうです。

だから、みなさん、油断《ゆだん》しないで……いつもより症状《しょうじょう》がひどいなと思ったら、病院に行ってくださいね。

……というわけで、前ふりが長くなってしまいました。


今回はウサギの飼育《しいく》をするというお話と、ムーとゲンがスパイ（エージェントともいいます）として大活躍《だいかつやく》するお話。ものすごくかけ離《はな》れたお話をふたつお送りしました。楽しんでいただけましたか？

「ピー太《た》は何も話さない」は、元たちのクラスで、ピー太というウサギを飼《か》うことになったというところから始まります。

みなさんは学校で何か飼育したことがありますか？

小学生の頃《ころ》、校舎《こうしゃ》の外にあまりきれいだとは言えないウサギ小屋があった思い出があります。娘《むすめ》の通っていた小学校にもありましたね。

夏休みも交代で当番をしました。目がシバシバするほどオシッコ臭《くさ》くて、動物アレルギーのある子たちは大きなマスクをして掃除《そうじ》をしていたのをよく覚えています。

実は今、わたしもウサギを飼《か》ってるんですが、考えていた以上にウサギはきれい好きですし、ケージのなかやウサギ自身も清潔《せいけつ》にする必要があります。

それに、ウサギも人になつきますし、感情表現《かんじょうひょうげん》も豊《ゆた》かなんですよね。うれしい時はピョンピョン跳《は》ね回りますし、気にくわないことがあるとダンダン大きな音をたてて床《ゆか》をけります。

呼《よ》ぶと飛んでくるようすがとってもかわいいですね。

本当は娘《むすめ》が全部世話をするから飼って！　と言われて飼いはじめたんですが、案の定、世話係はわたしです。まぁ、こうなるだろうなぁという予感はあったんですけどね。

でも、動物とふれあっていると、時間もストレスも忘《わす》れてしまいますね。

そして、「ムーとゲンのスパイ大作戦！」。夢《む》羽《う》でも元《げん》でもなくて、ムーとゲンのお話です。

今回、彼《かれ》らはとある国のスパイとして活躍《かつやく》します。

ふたりとも小学生ではなくて大人です！　正確《せいかく》にはわかりませんが、たぶん二十三、四歳でしょうか。

小学生の頃《ころ》、二十歳《さい》以上の人なんて、ものすごーく大人な気がしたものです。でも、実際《じっさい》になってみたら、「あれ？」って思うんじゃないかな。あんまり変わってないなぁって。

どんな大人になるか想像《そうぞう》したりしますか？　どんな仕事をしてるだろうとか。

さて、このお話の舞台《ぶたい》になるのはロンドン郊外《こうがい》。ロンドンはイギリスの首都です。

わたしも何度か旅行しています。

幸《さいわ》いとってもいいお天気が続いていましたが、本当は雨降《あめふ》りが多いそうですね。ただし、ヨーロッパの人たちはあんまり傘《かさ》を持ち歩きません。

土砂降《どしゃぶ》りだったら別ですが、少々の雨ならぬれても平気な顔で歩いていました。

ムーのお話を書いていて、旅行したくなりましたね。今度はどんな国のお話がいいですか？

以前、江戸《えど》時代や大昔のエジプトやゲーム世界なども書いたんですが、こんな世界を書いてほしいというようなアイデアがあったら、教えてください。参考にしたいと思います。

ではでは、体に気をつけてください。また会いましょう！

深沢《ふかざわ》美潮《みしお》

P.176のパスワード解読の解説

※手前のふたつの数字を足した答えが三番目の数字になっています。
足した答えが二桁になった場合は一桁目だけの数字になります。

結果、■に入る数字は、左から、**3、9、7、1**。

『1-2-3-5-8-■-1-4-5-■-4-3-■-0-7-7-4-■-5-6-1-7-8』

1+2=3
2+3=5
3+5=8
5+8=13
↓
3

3+1=4
1+4=5
4+5=**9**

9+4=13
↓
3
4+3=**7**

7+0=7
0+7=7
7+7=14
↓
4
7+4=11
↓
1

1+5=6
5+6=11
↓
1
6+1=7
1+7=8

IQ探偵シリーズ㊲
IQ探偵ムー　ピー太は何も話さない

2018年4月　初版発行

著者　深沢美潮

発行人 長谷川 均

発行所 株式会社ポプラ社
〒160-8565 東京都新宿区大京町22-1
［編集］TEL:03-3357-2216
［営業］TEL:03-3357-2212
URL www.poplar.co.jp
［振替］00140-3-149271

画　　山田Ｊ太
装丁　梅田海緒
DTP　株式会社東海創芸
印刷　瞬報社写真印刷株式会社
製本　株式会社ブックアート

ISBN978-4-591-15781-7 N.D.C.913 190p 18cm
Printed in Japan

本書は、2016年３月に刊行されたポプラカラフル文庫を改稿したものです。